AV

PETER ROSEGGER

WEIHNACHTS-GESCHICHTEN

L. STAACKMANN VERLAG KG · MÜNCHEN

Eine Gemeinschaftsausgabe von L. Staackmann Verlag KG · München
und Österreichischer Agrarverlag, Wien

Gesamtherstellung: Wiener Verlag, Himberg bei Wien
ISBN 3-88675-029-9

Inhalt

Vorwort

Weihnachten in der Abgeschiedenheit von Roseggers Waldheimat, wer möchte nicht aus der Hektik seines turbulenten Alltags für eine Weile dorthin entfliehen? Was viele von uns nur mehr vom Hörensagen kennen, das läßt der große Geschichtenerzähler Peter Rosegger wieder lebendig werden: Unversehens stapfen wir mit dem kleinen Peterl über die vereisten Pfade, um mit ihm die Christtagsfreude holen zu gehen, und zittern mit ihm vor dem bärtigen Unhold, der ihm seine Schätze entführen will.

Wenn die eisigen Winterstürme über die Abhänge fegen und die glitzernden Eiskristalle sich zu mannshohen Wächten vor den winzigen Fenstern des Kluppenegger-Hofes türmen, dann möchten auch wir an der Geborgenheit des festgefügten Holzbaues teilhaben, mit um den klobigen Tisch sitzen und am Feierabend den Geschichten lauschen, die die Alten zu erzählen wissen. Religiöses und Mystisches, Himmlisches und Irdisches sind da eng verwoben. Denn so mancher Volksbrauch ist nicht entstanden, um Gott oder einen

Heiligen zu ehren, sie sollten vielmehr auf würdige Weisc helfen, aus der Not eine Tugend zu machen und die für uns heute unvorstellbare Armut zu lindern, denn »gar so peinlich ist das gewöhnliche Betteln an den Türen . . .« Das Singen der Kinder am Dreikönigstag ist davon ein letzter Rest. Denn so bittere Armut wie damals gibt es heute kaum mehr. Dafür aber hat eine andere Not um sich gegriffen, und das ist die Not der Einsamkeit. Und diese Not wird immer schmerzlicher empfunden, besonders zu einer Zeit, da andere zusammenrücken, um zu plaudern und gemeinsam zu feiern. Jedoch, keiner kann wirklich einsam sein, wenn ein gutes Buch ihm Gesellschaft leistet, ein Buch, das ihm echte Weihnachtsatmosphäre in sein Zuhause bringt und ihn in eine Zeit versetzt, wie man sie in stillen Stunden erträumt.

Schon längst hat auch das Fernsehen sich mit Peter Roseggers Werken angefreundet. Kann doch nichts besser den Zauber vorweihnachtlicher Erwartung und besinnlicher Entspannung vermitteln als seine gemütsvollen Weihnachtsgeschichten.

Dr. Maria Körrer

Advent

Die Zeit schläft. Sie hat sich in die Federflaumen des Schnees oder in die Schlafhaube der Dezembernebel vermummt und fröstelt in Fieberträumen. Nur wenige Stunden des Tages schlägt sie die trüben Augen auf, erwartungsvoll ausblickend nach des Verheißenen Ankunft. Advent! – So kann's nicht bleiben, anders muß es werden; aber wer soll denn kommen? Der Erlöser, sagt der Prediger; der Jahrlohn, sagt der Dienstbote; die Weihnachtsgabe, sagen der Arme und das Kind; die Feiertage mit dem Christbraten, sagt die ganze Gesellschaft.

Und der Sonnenwender, sagt der Kalender. Wahrhaftig, die Sonne ist lahm und siech, die vermag gar nicht mehr hoch zu steigen; sie spaziert ihre paar Stündlein des Tages dort über die beschneiten Berghalden hin und hüllt sich dicht in Nebelmäntel, daß sie sich ja nicht erkälte. Jeder Strauch hat sich eine weiße Decke über die Ohren gezogen; jeder Baum hat sich eine weiße Pelzhaube machen lassen – weiß ist sehr in der Mode. Der Teich hat sich eine tüchtige Winterfensterscheibe überfrieren lassen, der Bach hat sich einen kristallenen Kanal gewölbt, und der Hansel hat sich Handschuhe stricken lassen aus weißer Schafwolle.

Ei, wäre dem Haushahn der Schnabel verfroren! Aber kaum der Nachtwächter zur Ruhe gekommen; hebt der Hahn an zu krähen, und das ist schon um drei oder vier Uhr, und der Hansel muß sein liebes Strohnest in der Stallkammer verlassen. Es ist diesmal das Dreschen noch nicht aus; dies Jahr kommt sie spät, die Krapfengarb'.

Nach dem Frühstück gehen die Knechte heute in den Wald; auch eine oder die andere Magd, die höhere Strümpfe hat, als der Schnee tief ist, muß mit. Sie sägen Bäume um, glatt am Boden natürlich, aber kommt nur erst der Sommer, so zeigen die mannshohen Strünke, wie tief im Advent der Schnee gelegen ist. Die Ammerlinge und Häher zwitschern auf den Wipfeln ihre Winternot und kratzen Schneestaub nieder auf die Holzarbeiter, oder es stürzen ganze Schollen herab, so daß sich die Leutchen lachend aus dem Schneestaube wühlen müssen. Und wenn's erst stürmt, daß die gefrorenen Stämme winseln und krachen, dort und da ein Wipfel niederfährt und der scharfe Schneestaub saust, daß der Hansel die Kathel nicht mehr sieht und nach ihr mit den Fingern muß greifen, ob sie der Wind wohl nicht schon davongetragen – so ist das ein »saggrisch verteufeltes« Brennholzschlagen.

Die daheim haben es besser. Die legen das Holz des

winterstürmischen Waldes in den Ofen und spinnen Garn und singen »Frauengesänge« und erzählen sich Märchen und plaudern und kichern.

Und wie gut sie verwahrt sind! An den Scheiben der kleinen Fenster ist der Schimmel des Eises gewachsen, und von den Dachvorsprüngen weben sich die silberweißen Spangen der gefrorenen Falltropfen nieder und hinein in den Schneewall, der das Haus umgibt. Da muß denn freilich bald nachmittags der Kienspan wieder glimmen. Und am Abende knarrt die Türe, da wird draußen im Vorgelaß Schnee von klingenden Schuhen geklöpfelt – Advent! Ankunft! Der Hansel ist da; der Hansel und der Seppel und der Franzel und der Toni. Ihr jungen Weibsleute all mitsamt, jetzunder wird's noch lustiger bei euch in der Spinnstube.

Lodenwämser austun, die klingenden Schuhe gegen »Strohpatschen« versetzen, warm Süpplein und »Brennsterz« grüßen, das kommt jetzt dran; dann heißt es die Pfeifen stopfen – brennt's nur erst, hebt das Schäkern an, geht das Necken los, und – der Hausvater und die Hausmutter sind nicht gar allfort zugegen – bis es Schlafenszeit wird, ist mancher Rokken zerzaust, mancher Faden gerissen. »Sie tun's nit, und sie tun's einmal nit zusamm' die Mandeln und die Weibeln!« hat der alt' Kasmöstel gesagt.

Aber Tageslast ist schwer gewesen und im Stübel sitzt sich's so warm und die Augen sinken und sinken – Advent! Der Schlaf ist da!

Darf nicht gelten. Ankunft des Messias! sagt der Prediger, und die Kirche nimmt's ernsthaft. Alltäglich, ehe noch der Morgenstern aufgeht, zieht der Mesner ein Flämmchen von der roten Ampel des Ewigen Lichts und zündet damit die Altarkerzen an. Und die Glocken läuten, bis von nah und von fernem Gebirge die Andächtigen herbeikommen durch Nacht und Nebel und auch ihre Kerzln anbrennen in der nächtlichen Kirche und ein Lied ertönen lassen, das ihnen schon der Prophet Jesaias vorgesungen hat: »Tauet, Himmel, den Gerechten!«

Eine schreiende Sehnsuchtsklage.

Als ich, ein Knabe noch, mit meinem Oheim einmal in die Rorate ging, fragte ich ihn unterwegs, was denn das eigentlich heiße: Tauet, Himmel, den Gerechten? Mein Oheim schwieg eine Weile, dann stand er plötzlich still: »Du fragst so närrisch. Viertausend Jahre haben sie gewartet; alleweil und in allen Enden und Winkeln sind Leut' geboren worden, aber ein Gerechter ist halt nit dabei gewesen. Wo hernehmen, wenn er aus dem Menschenvolk nicht aufsteht? Aus der Erden hat er ihn herausstampfen wollen, der alte Prophetenmann, dem schon angst ist worden in der Seel'; aus der Luft hat er ihn wollen herabziehen und in allen Wolken hat er ihn gesucht, und so hat er einmal in einer ruhsamen Nacht, da er auf der Heid' ist gestanden, die Hände ausgestreckt gegen Himmel und hat das Wort gerufen«. – Aber ganz klar gewesen ist mir das immer noch nicht, daß der Gerechte mit dem Tau verglichen wird, der im Sonnenschein gleich verdunstet. – »Jetzt, Bub, wenn du's nicht verstehst, anders kann ich dir es nicht ausdeuten. Laß ich dich da stehen im Wald und geh' dir davon und sag': wart, bald komm' ich. Und ich komm' aber nicht, und du stehst eine Stund' um die andere und frierst und hörst die wilden Tiere heulen – und kennst keinen Weg und ich komm' noch immer nicht – nachher wirst verstehen, wie dem Propheten-mann ums Herz ist gewesen.«

Wir sind weiter gegangen und nie habe ich kindlicher die Erwartung des Erlösers empfunden als bei derselbigen Rorate.

Die heilige Weihnachtszeit

Nun ist der Christabend endlich gekommen.

In der Stube brennt heute eine geweihte Wachskerze. Auf dem weißgescheuerten Tisch ist aus steifpapiernen Heiligenbildern ein Altar aufgerichtet und inmitten steht das Kruzifix. In der Stube ist es feierlich und stille, aber draußen in der Nacht bläst der Nordwind und pfeift und poltert in der heiligen Stunde wie ein Heide. Doch auf den Fensterscheiben blühen Blumen und Rosen. Kennt ihr die Geschichte davon?

Da standen sie einst im Mai auf dem Fensterbrette, die Blumen und Rosen, und sie waren zart und frisch und blühten und dufteten – denn die Jungfrau pflegte sie und sie hatte ihre Freude an den Kindern des Frühlings. Aber da kam der heiße Sommer, und langsam starb der Blumenstrauß dahin. Als nun aber jene Nacht des Heiles und der Erlösung kam, in welcher die Toten in den Gräbern lebendig werden und die Geister singen: Ehre sei Gott in der Höhe! Da erschien auch der Geist des Blumenstraußes am Fenster und entfaltete sich in Zweigen und Rosen. Das sind die Blumengeister.

So etwa denkt sich das Mütterchen, das am Ofen kauert und betet, daß das Jesukind komme. Daneben kniet ein Knabe, der zittert in Angst und Erwartung und betet ebenfalls: »Lieb' Jesukindlein komme!«

Da geht die Tür auf und der Bauer und der Großknecht treten herein. Ersterer trägt ein Kohlengefäß, aus welchem Weihrauchwolken hervorqualmen, letzterer einen Topf mit Weihwasser und Sprengreisig.

So ziehen die beiden in Haus und Hof umher, mit dem geweihten Rauch und dem Weihwasser den Segen Gottes in alle Kisten und Kästen und Kammern und Ställe sprengend. Mitunter wird heute das ganze Grundstück umkreist und auf diese Art eingesegnet.

Dieses Rauchen und Sprengen wird auch in der Neujahrs- und Dreikönigsnacht wiederholt und werden solche Nächte die drei Rauchnächte genannt.

Im (windischen) Unterlande ist am heiligen Abende die Sitte des *Krippenverbrennens* üblich. Auf einsamer Weide werden spät abends drei Krippen in Asche gelegt und mit dieser Asche die Häupter der Mädchen bestreut, welche sich nach einem Manne sehnen. Nicht gestillt soll dadurch die Sehnsucht werden, wohl aber soll sie in Erfüllung gehen, worauf sich manche allerdings wieder das Haupt mit Asche bestreuen mag.

Nach dem »Rauchen« wird vor dem Hausaltare gebetet und darauf kommt ein heute besonders gutes Nachtmahl.

Nach demselben wird gewaschen und geputzt und

gebürstet, und sind die Leute mit allem fertig, so setzen sie sich zu Tische, lesen drei Evangelien zum Christfeste oder singen *Weihnachtslieder.*

Mittlerweile wird es Zeit zum Kirchengang. Festlich angetan stehen die Leute um den Herd und zünden sich eine Fackel an. Diese voraus, eilen sie nun von ihren Bergen in die Täler, vereinigen sich dort mit anderen und ziehen hinaus gegen das Dorf zur Pfarrkirche. Viele sind weit von dieser entlegen und kommen erst oft um zwölf Uhr, wenn schon alle Glocken klingen, bei derselben an. Es ist schön, wie von allen Seiten die Lichter herbeikommen, und endlich um das Gotteshaus einen förmlichen Kranz bilden. Aber auch aus den hohen Kirchenfenstern strahlt heller Glanz und die Orgel tönt – schmetternde Musik erschallt vom Chor mitten in der Nacht und liebliche Weihnachtslieder wiegen dazwischen, freilich nur selten mehr jene alten Hirtenlieder, wie sie unsere Vorfahren in ihrer frommen einfältigen Weise und in ihrer Mundart gesungen haben.

Wir haben uns ein Hirtenleben nach oberländischer Art zu denken. Da erzählt denn auf winterlicher Heide ein Hirt dem anderen:

»He, Jodl, he, Bua!
Schau, los a wenk zua.
Danahst is ba Mitternocht
Gwesen ka Rua;

Es liaß mih net schlofn,
Und tramen ah net;
Do hör ih wos ludlan
Gor eini ins Bet.«

Dann war er verwirrt aufgesprungen, und:

»Wir ih zu mein Schäflein
Wult aussi auf d' Wocht,
Do tur ih an Stulpra,
Daß völli hot krocht!
Aft schrei ih um an Blos;
Geh, schau, wos is dos!

Da Himmel steht offn,
As wir a lars Foß.
Die Heilign laffn ausser
Und d' Engerln oll mit;
Ich woaß doh ka Hochzat,
Koan Kiatatonz nit.«

Und wie hernach ein »goldener Bua« den Bericht gebracht habe, daß in einem Stalle zu Bethlehem unten der Heiland geboren sei:

»Der Himmel war zbrochen,
Gott lag auf der Erd!« –
»Jo, d' Liab hät däs gmocht,

Daß er daher krocht
Herunter auf d' Erd
Und häts Heil uns mitbrocht.«

Und weiter erzählt der Hirte, wie sie, die Schäfer, zu Paar und Paar hineingegangen sind in den Stall, und:

»Ih bracht eahm Lampl,
Da Rüapl a Henn.«

Hernach hätten sie ein Liedchen gesungen; dann seien auch noch andere dahergerannt. Engel mit dem Gloria in excelsis Deo:

»Sie sungen von an Briaf außer;
Ih hon nix kennt.«

Weiter:

»Wia 's lieb Kindelein
Wullt schlofn schon ein
Do sog ih eahm hoamli
Ins Wascherl hinein:
Loß da nix bös's trama
Wegn unsera Sünd! –«

Zuletzt fiel ihm, dem Hirten, noch ein, daß ein Wieglein sollt' sein, und nahm sich sogleich vor, beim

»Uhrkastenmacher« eines zu bestellen. Und beim Abschiednehmen vom Kinde muß der gute Schäfer wohl ans Sterben und an noch was Ärgeres gedacht haben, denn er empfielt sich angelegentlich:

»Zmol, wann da bös Fankerl
Uns fechtn wollt on,
Schlogn auffi auf d' Schwortn,
Gibn jo kan Pardon!«

So weit dieses Weihnachtslied.

Noch toller und derber ist der Weckruf des Hirten in einem anderen Gesang:

»Auf, du fauler Bärenhäuta,
Wos duslst dan so long im Bet,
Steh doh auf und ziah dih weita,
Wegn wos schomst dann du dih net!
Hörst nit d' Engl tonzn, singa,
Ziternschlogn und blosn ah;
So kunts koana zwegabringa,
Wans da besti Spielmon wa!«

Oder aus einem dritten Lied:

»Hon in Bartl aufgweckt,
Hot gschlofn stoanfest,
Hon an grupft, hon an gsteßn,

Hot d' Hosn vagessn,
Wird munter auf d' Letzt,
Hot d' Augn ausgwetzt.«

Und wie lieblich ist in demselben Liede die Bezeichnung der Mutter des Kindes:

»Da Vota stoanolt,
Die Muata bluatjung,
Schön weiß as wia Kreid'n,
Schön mild als wia Seidn,
A liabli schöns Weib,
Demüati dabei!«

Und wie rührend klingt die Barmherzigkeit und menschliche Teilnahme aus folgenden Strophen:

»Bruada, gehst du ah mit mir?
Nim dein Dudlsock ah mit dir,
Und d' Schalmei dazua!
Wan ma gehn in Stoll hinein,
Grüaß ma gschwind das Kindelein,
Und pfeif' oans dazua!
Bruada, geh stichs Lamperl o,
Weil ma holt nix bessers hobn,
Ziahn's Pelzl aus!
Hüll ma zua das Kindlein guat,
Daß 's uns nit dafruisn (erfrieren) tuat;

Wia wa nit däs a Graus!
Ach, wia gfruist das göttli Kind,
Wia geht nit aus und ein da Wind!
Liegt auf Heu und Stroh!
Wann ih nur es Häuserl hät.
Däs doscht unt im Dörferl steht;
Do nahm ih d' Muata mit dem Kind,
Und trogads in mein Häuserl gschwind,
Wia war ih nit so froh!«

Oder:

»Ruafts ma die Schäflein gschwind zsom,
Hobn ma dabei a foasts Lom;
Hobns kriagt vor etla Togn,
Wölln mas dem Kindlein wogn,
Deaf ah der olti Tatl
Sih davon brotn a Bratl!«

Das ist ein gemütliches Wiegen und Jodeln – selbst die ältesten Leute singen heute mit. Und während der Wandlung hört man gar den Kuckuck und die Nachtigall . . . es ist die liebe, die süße Christnacht!

Erscheinen uns die alten Krippenlieder auch weltlich – sie sind es nicht; sie sind der Ausdruck eines heiteren, gläubigen, kindlichen Gemütes; sie verdienen dieselbe Achtung und Pflege, wie wir sie dem Volksliede im allgemeinen angedeihen lassen. Und wir, die wir ja so große Ehre darein setzen, die duldsamen, vorurteilslosen Freunde des Volkes zu heißen, wir sollen dieses Erbe unserer frommen Väter auch aus der Kirche nicht verbannen, so lange wir nichts Besseres dafür hineinzustellen haben! Solange Kirchen stehen werden, wird und muß Einfalt in denselben daheim sein, und zwar unmittelbar verkehrend zwischen diesem freud- und leidvollen Leben und dem Gegenstande des Glaubens und der Hoffnung. Und wenn ein liebesseliger Alpenbursche in seine Pfarrkirche kommt und hier vor dem Tabernakel seinem Glücke durch einen wilden Jodler Luft macht – was verschlägt's? – er lobt Gott nach *seinem* Herzen. –

Nun von der Kirche wieder zurück zum stillen Gehöfte. Da mögen uns weitaus törichtere Dinge und Gläubigkeiten begegnen, als sie in jenen frommen Gesängen vorkommen.

Wer zu Hause bleibt, der hat gar eine wundersame Stunde zu durchleben. Er denkt heute nicht an den Schlaf, sondern befleißigt sich des Gebetes und frommer Übungen. Nun, und zwischen elf und zwölf Uhr ist die Zeit zum »Losen«.

Jawohl, zum Lauschen an den Stalltüren und Krippen, denn zu dieser geheimnisvollen Stunde redet das Vieh in menschlicher Sprache, und wer Farnsamen bei sich hat, der kann's hören.

Derlei Weihnachtssagen gibt es unzählige.

Will einer die Toten sehen, so muß er den ganzen

Advent bis Weihnachten einen Stuhl aus bestimmten Hölzern anfertigen, dann mit demselben in der Christnacht auf einen Kreuzweg gehen und auf diesen steigen. Dann sieht er alle Toten ohne Kopf.

Wenn es an diesem Abende Ave Maria läutet, so laufen die Leute hinaus unter einen Zwetschkenbaum und beten, hören sie dann in der Scheuer etwas poltern, so stirbt jemand.

Wenn man nach der Mette nach Hause kommt, muß man dreimal ums Haus gehen und durch das vordere Fenster hineinsehen. Hört man Musik, so wird im Hause eine Hochzeit sein, hört man sägen, eine Leiche.

Fällt man beim Nachhausegehn von der Christmette, so stirbt man im nächsten Jahre.

Wenn am Christabend zuerst Licht in die Stube kommt, muß man nach seinem Schatten sehen, sieht man ihn ohne Kopf, so stirbt man.

Will eine Frau wissen, wer im nächsten Jahr stirbt, so fegt sie Abend neunmal die Stube von vorn nach hinten, darauf läuft sie neunmal ums Haus und sieht beim zehntenmal durchs Fenster ins Zimmer. Sieht sie eine Bahre, so stirbt jemand.

Will man seinen künftigen Beruf erfahren, so geht man um die elfte Stunde, wenn in der Pfarrkirche geläutet wird, mit einem Trinkglase zum Brunnen, tut dann Eiweiß in das Glas und sieht nach der Rückkehr von der Metten hinein. Wird man Geistlicher, so sieht man einen Kelch.

Ist es in der Christnacht windig, so entsteht Krieg.

Wenn die Mädchen von der Metten aus der Kirche gehen, ziehen sie am Glockenstricke, in dem Glauben, daß sie dann im nächsten Jahre heiraten werden.

Ist die Christnacht schön und heiter, so wird die Ernte des nächsten Jahres schlecht ausfallen; ist sie aber recht dunkel, so wird die Ernte gut.

Durchsticht man am Christabend ein rotes Spielkartenbild, so kann man durch das Loch die Hexen tanzen sehen.

Um Weihnachten kann man dem Vieh am meisten schaden, besonders können die Zauberer am Heiligen Abend den Pferden Krankheiten zufügen, damit ihre eigenen dann um so besser gedeihen.

Glaubt man heute gleichwohl nicht mehr recht an solche Sachen, so ist es doch ein unheimliches Wachen in dem einsamen Hause.

Um drei oder vier Uhr morgens kommen die Leute von der Mette endlich heim. Hier erwartet sie Fleisch und »Kletzenbrot«, damit in dieser segensreichen Nacht auch dem Leibe Heil widerfahre!

In der Gegend von Schöder gehen zu Weihnachten die Kinder von Haus zu Haus »bisen«, d. h. sammeln. Was sie kriegen heißt Bisengut – 's ist dem Jesukind vermeint, aber es erfreut und sättigt auch die Menschenkinder.

Jetzt aber muß ich noch ein Weihnachtsgeschichtel erzählen aus meinen jungen Jahren.

An einem Dezemberabend kam der Bettelmann zu uns ins Waldbauernhaus. Er war noch nicht betagt, war nicht mühselig, aber er bettelte. Er stehe sich beim Betteln besser, meinte er, als beim Arbeiten. Erstens sei im Winter bei den Bauern schwer eine Arbeit zu bekommen, zweitens sei das Holzhacken im Schnee weniger angenehm als das Sitzen in der warmen Stube als »Statthalter Gottes«. Damit spielte der Schalk auf den Pfarrer an, der gerne predigte über den Text, daß der Herr Jesus heute noch auf Erden wandle, und zwar in Gestalt der Armen, und daß, was man den Armen tue, ihm selbst getan sei.

Diese schöne Lehre der Barmherzigkeit verstand der Bremersepp – wie er hieß – nicht übel auszunutzen, und so saß er in den Bauernstuben herum, einmal am Herde, einmal am Tische, dann wieder neben dem Strohschaub, den er als Bett erhielt unter dem Ofen. Freimütig gesagt, waren aber die Bauern in unserem Alpel immer noch nicht evangelisch genug gesinnt, um eine solche Statthalterschaft recht zu schätzen, sie duldeten den Faulenzer aus einem anderen Grund. Etliche Wochen früher war der Bremer als Verabschiedeter vom Militär zurückgekommen. Seine Verwandten waren während seiner Abwesenheit gestorben, er fand kein Heim mehr, nachdem er zwölf Jahre lang bei den Soldaten gewesen. Aber er wußte sonderlei Merkwürdigkeiten zu erzählen von der weiten Welt und aus seinem Leben als Tambour, er kannte auch viele wundersame Geschichten, Märchen und hatte allerhand Schnurren und Schwänke in sich, mit denen er die Leute an den langen Abenden köstlich unterhielt. Dem Hausvater war stets daran gelegen, daß die Knechte und Mägde beim Spänekliebn, Rübenabkräuteln, Krautschaben und Flachsspinnen nicht allzu früh schläfrig wurden und dann etwa von der alten Gewohnheit, um neun Uhr ins Bett zu gehen, Gebrauch machten. Der Bremer packte seine »Faxen« aus, sie bewunderten, sie lachten, sie schauderten und blieben oft bis gegen Mitternacht bei der Arbeit.

So hat sich der »Statthalter« erklecklich ausgezahlt, und wir, die jüngeren, hatten an dem vielerfahrenen Manne einen lustigen Lehrmeister, dem besonders ich etwelches zu verdanken habe; manche meiner Geschichten, die erst in späten Jahren reif geworden, hat damals der Bremer gesät. Wenn der Bettelmann Gefahr witterte, daß er am nächsten Tage mit seinem Tragkorbe höflich weitergeschickt werden könnte zum Nachbar, so hub er am Abende zuvor eine wunderbare Begebenheit an zu erzählen und verschob die Fortsetzung auf den nächsten Abend. In alten Zeiten hat diesen Spaß schon die berühmte Scheherazade erprobt, heute wiederholen ihn die Zeitungen, er bewährt sich immer, und den Bremer haben sie nirgends fortgeschickt, bevor er eine Geschichte zu Ende erzählt.

So war der Bremersepp also auch bei uns eingetreten mit der artigen Bitte, er möchte seine verfrorenen Beine gerne ein wenig wärmen an dem Herdfeuer. Meine Mutter riet ihm das Schneeschaufeln, das mache auch warm.

»Oh, meine liebe Waldbäuerin!« rief der Bremer, »warm macht's freilich, aber helfen tut's nichts; schaden tut's. Die sündteuren Schaufeln wetzt man dabei ab und morgen schneit es doch wieder alles zu. Und wenn's nicht zuschneit, so ist's noch schlimmer bei der unsicheren Zeit, wo die Schelme und Räuber frei truppenweise umherziehen bei der Nacht. Sich gut in Schnee einmauern lassen und das Haus mit Mannerleuten besetzen, auch mit solchen, die von Wehr und Waffen was verstehen, ist das allerbeste, was gescheite Waldbauersleute tun können.«

Wir im kargen Waldbauernhause hatten zwar nie besonderen Anlaß, uns vor Räubern zu fürchten, doch aber mochte meine Mutter gedacht haben: weil er gar so schlau schwatzen kann, mag er halt sitzen bleiben in der Stube. Gut schwatzen muß man auch lohnen. – Saß also der Bremer noch am selbigen Abende beim Ofen und saß ein Woche später auch noch beim Ofen.

Wir hatten ihn recht gern, er war auch außerhalb seiner Schnurren ein ergötzlicher, ganz artiger Mensch. Und gar nicht übel anzusehen! Die blaue Soldatenhose hatte er an und die graue Holzmütze auf, unter welcher an beiden Ohren die schneidigen Lockensechser, hübsch glatt gewichst, hervorstanden. Er hielt was auf sich und tat sich täglich an den Backen und dem Kinn rasieren, auch hinten am Nacken; weil er dorthin selbst nicht gelangen konnte, so mußte ihm unser Altknecht die goldigglitzernden Härchen wegkratzen. Das Schnurrbärtl ließ er stehen und spitzte es mit Schusterpech scharf auf, daß es nach beiden Seiten ganz bajonettartig in die Luft stach, gleichsam wie eine Waffenbereitschaft, für den Fall ihn eine unserer Dirnen plötzlich küssen wollte. Ob eine solche Gefahr bestand, das weiß ich nicht, wenigstens hat er sie nicht selbst heraufbeschworen. Für einen dreiunddreißigjährigen Soldatenabschieder tat er spottwenig um mit den Dirnlein. Höchstens guckte er manchmal der einen so ein bißchen schiefwinkelig nach, der Stallmagd Christina. Und siehe, diese Christina hatte einen großen Abscheu vor dem hübschen Bettelmann. Sie war sonst ein rundes gutmütiges »Leutel«, aber wenn ihr der Bremer in die Nähe kam, da wurde sie ganz eckig, spitzte die Ellbogen und war aufgeregt wie eine Henne, wenn der Geier nicht weit ist. Sie ließ ihm auch ihre Verachtung merken. Der Bremer aber schmunzelte ihr nach und drehte an seinen Bartspitzen.

Und als der Mann so eine Woche bei uns im Waldhause gewesen war, da kam das heilige Weihnachtsfest. In der Christnacht verließ alles, was gehen konnte, das Waldhaus und ging über die weiten Höhen hin zur Kirche von Fischbach, wo ununterbrochen die Glocken läuteten, bis, wie man sagte, der letzte herauskam vom hintersten Graben. Aus fernem Tal her kam hin und wieder ein leiser, halbverlorener Glockenklang auch zu uns herauf. Es war eine helle Mondnacht, nur bisweilen flogen Wolkenfetzen vorüber und verdeckten das stillheitere Rundgesicht am Himmel. Unser waren ein ganzes Rudel von Burschen und Dirnen; Vater und Mutter nur waren daheim geblieben, um das alte Haus zu hüten. Der »Statthalter« war auch bei uns und brachte wieder Schnurren vor. So wußte er vom Teufel zu erzählen, der in der Christnacht mit dem Fünfguldenbeutel umgeht, den er solchem, der ihm die Seele verschreibt, zum Angebinde verehrt; von den Tieren, die in dieser Nacht in menschlicher Sprache sich ihre Leiden klagen, die sie das Jahr hindurch von den argen Menschen auszustehen gehabt, und auch von den Wolken, die jedem, der so was zu lesen versteht, alle Bevorstehungen des kommenden Jahres an den Himmel schreiben.

Die Stallmagd Christina entrüstete sich stumm über derlei Frevel, die Weidmagd hingegen war auf ihre »Bevorstehungen« besonders neugierig, sie fragte daher, wie das wäre.

»Ja, mein Schatzerl, das ist so!« belehrte der Bremer und drückte sich eng unter die Leute. »Da müssen wir aufpassen, wenn ein Kreuzweg kommt. Am Kreuzweg müssen wir uns alle aufstellen im Kreis und gegen Himmel schauen, was die Wolken für Figuren machen, und auf die Baumäste horchen, ob sie kraxen. Da werden wir schon etwas erfahren. Seid ihr dabei?«

Wir waren alle dabei. Auf der flachen Höhe des Waldes angelangt, sahen wir im Mondenlicht den Pfahl, welcher mit drei Armen hinauswies gen Stanz, gen Sankt Kathrein und gen Fischbach. Der Bremer kommandierte uns in Reih und Glied eines Kreises. Ein alter Kohlenbrenner aber war mit, der lief seitab, hielt sich Augen und Ohren zu: er wolle nichts wissen. Das Unglück, wenn eins bevorstehe, erfahre der Mensch immer noch früh genug.

Wir andern standen im Kreise, immer ein Bub und ein Mädel aneinander, und hielten uns an den Händen, und schauten in den Mond, an welchem die Wolken zogen. Für jeden und jede besonders wurde wahrgesagt, und der Bremer wählte die Leute und deutete die Dinge. Mit dem Altknecht hub es an, da stand der lachende Mond rein und die Wolken wichen ihm aus. »Der Altknecht hat siebzig Gulden Jahrlohn, da wird freilich der Himmel nicht trüb werden«, sagte der Bremer. Als es die alte zahnlückige Liesel galt, die gern keifte, da versteckte sich der Mond rasch hinter eine dichte Wolke. »Ist ohne weitere Auslegung verständlich«, sagte der Bremer. Beim Feldbuben Hans bildete die Wolke neben dem Mond eine Art Sack, der aber sachte zusammenschrumpfte. »Wird auch aufs Jahr Karten spielen, der Hansel«, sprach der Bremer. Beim Ochsenknecht kam ein großes Ungeheuer heran, tat den Rachen auf und fraß den Mond. Dieses Zeichen wußte der Bremer nicht zu erklären. »Wenn man sich heutzutage noch dem Schwarzen verschreiben könnte, so möchte ich an so etwas denken«, sagte er. Wir mußten es der Zeit überlassen, was sie über den Ochsenknecht verhängen würde. Bei der Stallmagd Christina, die sich widerwillig in den Kreis gestellt hatte, hub ein helles Hallo an! Gerade unter dem Monde spielten die Wolkenzipfel so, als ob ein Männlein und ein Weiblein nebeneinander ständen und sich die Hände reichten. »Heiraten wird sie«, sagte der Bremer in dumpfem Tone. Da schrie die Christina auf: »Ich mag nit heiraten!« riß aus und lief wegshin. Aber sie wendete sich um, noch hörten wir ihre helle Stimme: »Keinen Faulenzer mag ich nit! Keinen Menschen, der kerngesund ist und seine geraden Glieder hat und nit arbeiten will, den mag ich nit! Die starken Händ' zum Betteln aufhalten, pfui Teufel! Und wenn's das einzige Mannsbild wär' auf der Welt, und wenn er in Guld und Edelgestein gefaßt wär', und wenn er so schön wär' wie der Adam alser neuer, wie ihn Gott derschaffen gehabt hat: wenn er nit arbeiten tät', wenn er nur schmarotzen wollt, so möcht' ich ihn nimmer und nimmer zu meinem Mann. Gute Nacht allmiteinand!« Und dann war sie in den Waldweg verschwunden.

Etliche von uns lachten, andere schauten auf den Bremer. Wie der hölzerne Wegweiser daneben, so starr stand er da, und endlich sagte er leise und langsam: »Das ist ein verflixtes Weibmensch, diese Christina, aber – recht hat sie!«

Und dann ist er ihr nachgegangen. Denn dumm war er nicht, wußte auch, was er wollte. – Wer hat ihr denn gesagt, daß sie just den »Faulenzer« nehmen sollte? Das hatte der Mond nicht gesagt, und sonst auch niemand. Ei, doch! Einer hatte es gesagt, aber ganz heimlich, in stiller Nacht, nur zu sich allein gesagt, und das war er selber, der Sepp. – Und die Christina hatte sich jetzt gottlos verraten. Die muß schön viel an ihn denken, wenn ihr kein anderer einfällt, den sie – nicht heiraten will!

Kurze Zeit darauf stand die Wegzeigersäule wieder allein auf der Waldhöhe, und das Wolkenspiel fuhr fort, die künftigen Geschicke den Menschen an den Himmel zu zeichnen.

Ob es aber auch zutrifft?

Ein Jahr darauf, als wieder Weihnachten kam, hatte der Ochsenknecht sein arm Dirnlein verlassen und in einen großen Bauernhof geheiratet. Aber in diesem Hofe, neben dem Geldsack, saß ein Drache, die alte Bäuerin, der er sich hatte verschreiben müssen mit Leib und Seele.

Und der Bremersepp? Der hatte ein Kleinhäusel gepachtet, im Frühjahr den Acker gepflügt, Korn gesät und Kartoffeln angebaut. Und dann war er eines Tages zu uns gekommen – wieder als Bettelmann. Nicht mehr bettelte er um einen Sitz am warmen Ofen, nicht mehr um eine warme Suppe, er bettelte um die Stallmagd Christina, die freilich auch nicht kalt war. Zuerst schmetterte sie ihm unter glühendem Augenleuchten sein bisheriges Vagabundenleben ins Gesicht, dann nahm sie ihn. Denn sein Korn stand schon im Grünen und die Kartoffeln huben an zu blühen, so brauchte er weiter nicht ein Wort zu sagen, daß er auch arbeiten könne. – Die Gefahr zeigte sich erst wieder in späteren Jahren. Als die Kindlein erschienen waren, wollte er nicht mehr draußen ackern oder Holz schneiden, wollte lieber in der Stube bei den Kleinen sitzen und ihnen allerlei Geschichten erzählen und Schnaken vormachen, weil sie gar so fröhlich dabei lachten. – Da sah er einmal bei einem Kreisstehen in der Weihnacht, das er nach altem Brauche gerne noch trieb, am Himmel ein seltsam Spiel. Die Ruine eines Hauses und eine Gruppe von verkümmerten Bettelleuten, die unter einer Riesenpeitsche sich in Fetzen lösten. – Da ging er hin, arbeitete mit neuem Eifer, und die heiteren Schwänke hob er sich für den Sonntag auf.

Drei Weihnachtsfeiertage

Sankt Stefanus und Johannes sind enge Nachbarn, es liegt nur eine Nacht zwischen ihnen. Aber sie sind nicht gut Freund, sagt man.

Johannes und Christus sind von jeher Busenfreunde gewesen, und so hat sich auch der Johannestag fest an den Christtag angemacht. Da kam aber der Stefanus und drängt sich zwischen die beiden, und den Braten und die Krapfen, welche der Christtag übrig läßt, bekommt jetzt der Stefanus. Darum ist der Johannes böse auf diesen. Aber der Evangelist sucht seinen Gram im Weinglase zu ersäufen und schlürft hinter dem Rükken des Eindringlings, welcher beim Wasserkruge sitzen muß, seinen Humpen köstlichen Weines.

So legen es fürwitzige Leute aus, und jetzt will ich es näher erklären, wie das ist.

Der Stefanus sitzt beim Wasserkrug. Wenn die Leute am Stefanitag in die Kirche gehen, so stecken sie eine Flasche mit frischem Wasser zu sich. Der Hausvater aber oder der Großknecht hat ein größeres Gefäß aus Ton oder Zinn und noch obendrein ein Stück Salz bei sich. Und der Priester erteilt allem in der Kirche vorrätigen Wasser die Weihe. Dieses Stefaniwasser ist, wie das Osterwasser, ein Mittel gegen Übel. – Deshalb werdet ihr im christlichen Haus am Pfosten der Stubentür das Weihwassergefäß hängen sehen. Taucht die Finger ein und benetzt die Stirne.

So viel aus dem Wasserkrug des heiligen Stefanus. Aber nun kommt was Besseres, denn hinter dem Rükken des Erzmärtyrers schlürft Sankt Johannes köstlichen Wein.

Am Johannestag haben die Leute wieder ihre Gefäße bei sich, wenn sie zur Kirche gehen, aber diesmal mit goldfarbigem Inhalte. Zudem sind die Gefäße auch bedeutend größer; und wenn viele über das Stefaniwasser sündhaft gleichgültig dahingehen, an den Johanneswein glauben sie alle.

Heute hat auch der Pfarrer seine Flasche auf der Kanzel, und er spricht seinen Segen über sie und über alle.

Nach dem Gottesdienst eilen die Leute heim, und bei Tische, wenn die Knödel kommen, erhebt der Bauer das Weinglas, sagt: »G'seg'n Gott, Johannesseg'n!« und trinkt. Darauf macht das Glas die Runde um den Tisch, und jeder ruft seinem Nachbar zu: »G'seg'n Gott, Johannesseg'n!«

Das ist das einzige Mal im Jahre, daß um manchen Bauerntisch im Oberlande das Weinglas kreist. Und es geht feierlich dabei zu; das ist Opferwein, wie man ihn ja zu bestimmten Tagen auch den Göttern dargebracht in alten Zeiten.

Nach dem Essen aber gehen sie am liebsten aus. Der Wirt hat auch Johanneswein! –

In den Weihnachtsfeiertagen reiste ich zu meinem Vetter in das Gelände der Feistritz. Es war ein heilloser Schneesturm, und am Abende des Johannestages mußte ich bei einem Bauer um Herberge zusprechen.

Ein altes Mütterl saß am Ofen und hielt die Hand über die Augen und sagte zu einem Mädchen, welches eben Küchengeschirr scheuerte: »Schau, Kathi, was es mit ihm ist.«

Das Mädchen ließ das Geschirr ins Wasser sinken, stellte sich vor mich hin, und den nassen Hadern in der Hand sah es mich so an. Zuletzt nahm die Kathl noch einen brennenden Span und leuchtete mir unter die Hutkrempe, dann sagte sie zur Alten: »Mich deucht, er wird uns nichts tun, 's ist noch ein junges Bübel.«

»Dann bleibt nur da, wenn Euch nicht zeitlang wird bei uns, die Mannleut' sind all beim Johannesseg'n.«

So ließ ich mich nieder und sah der Kathl zu, die mir eine Suppe kochte. Es ist sündhaft, aber ich weiß mir nicht zu helfen, die Kathl gefiel mir. Indes setzte ich mich zur Alten und sagte: »Müßt nimmer jung sein, Mutter?«

»Jawohl nicht«, antwortete diese und deutete auf das Mädchen, »das ist meine Enkelin, und jetzt könnt Ihr Euch's schon denken!«

»Seht ihr wohl ähnlich; so sauber.«

Das Mütterl hielt sich die Schürze vor das runzelige Gesicht und kicherte:

»Kathl, aber nein, wie der aber spaßig ist! – Wenn ein Knödel übrig geblieben von Mittag, so wärm ihm's auf, ist gewiß hungrig. Wißt«, fuhr sie zu mir gewendet fort, »unsere Mannleut' sind im Wirtshaus; wo habt denn Ihr Euren Johannessegen getrunken?«

»Ich war in keinem Wirtshaus heut'; es geht ja auch ohne das!«

»Jesses Maria! Jetzt hat der noch keinen Johannessegen! Nein, jetzt geht nur gleich! Das wär' das Wahre! Du heiliger Georgi, was es doch heutzutag' für Leut' gibt auf der Welt, jetzt nehmen sie nicht einmal einen Johannessegen!«

»Großmutter«, rief das Mädchen, »es ist ja noch einer im Glas.«

»Dann bin ich rechtschaffen froh; trag ihn gleich her!«

Und jetzt deckte mir die Kathl den Tisch, brachte die Suppe, die Knödel und ein Glas Wein. Dieses erhob sie und sagte: »G'seg'n dir Gott den Johannessegen!«

»Und jetzt g'seg'n auch dir Gott den Johannessegen!« rief ich lachend und hielt ihr das Glas hin.

»Dein dummes Lachen jetzt!« lachte das Mädel.

»Wenn er gegessen hat«, meinte die Alte, »dann kannst du ihn ins Handwerkerbettt hinausführen, aber gib ihm den Pelz mit!«

Ich sagte der Alten gute Nacht, und die Kathl zündete eine Laterne an und führte mich in die Kammer. Und bald war ich mitsamt dem Höselein unter Decke und Pelz in der finsteren Kammer allein.

Und jetzt fiel mir ein, ich hätte der Kathl doch die Hand geben sollen, bevor sie fortging mit der Latern'.

Mit solchen Gedanken schlief ich ein und träumte vom Johannessegen.

Durch die Fugen der Bretterwand schimmerte schon der Tag, als ich noch tief vergraben unter den Decken im Halbschlummer lag. Plötzlich fliegt die Tür auf und die Kathl stürzt herein mit losen Haaren und einer großen Birkenrute in der Hand auf mich zu, reißt mir die Decke ab, schwingt die Rute und schlägt nieder auf meine arme Wenigkeit – ein-, zwei-, dreimal, daß ich aufspringe und in der Kammer umhertanze, weil ich kitzlig bin. Allein, sie mir nach: »Kindl, Kindl auf! Schön frisch und g'sund! Kindl, Kindl auf, schön frisch und g'sund!« So ruft und kichert sie und setzt die Geißelung fort, bis ich wieder mein Bett gewinne und mich unter dem weichen Pelz verwahre.

Erst jetzt fiel mir ein, daß heute der unschuldigen Kinder Tag ist, an welchem man, nach der Volkssitte alle Siebenschläfer in obiger Weise »aufkindelt«, auf daß sie schön frisch und gesund verbleiben durchs ganze Jahr. Nun, ich war sehr frisch, und auch von der Birkenrute dürfte dasselbe zu bemerken gewesen sein.

Als ich mich in dem gastlichen Hause beurlaubte,

sagte die Kathl: »Also, behüt' dich Gott und nur schön frisch und g'sund!«

Das Aufkindeln, wie ich es hier erzählt habe, ist ziemlich weit verbreitet und wohl auch in mannigfaltiger Form. – In vielen Orten laufen am 28. Dezember, also am Gedächtnistage des herodianischen Kindermordes, die Kinder armer Leute mit Birkenruten bewaffnet auf den Gassen herum und versetzen jedem, der ihnen begegnet, mit den Worten »Frisch und g'sund, frisch und g'sund!« einige Streiche um die Beine. Selbst in die Häuser der Nachbarn eilen sie und verschonen weder den Hausherrn noch die Hausfrau, ja sogar der Dorfrichter und der Pfarrer kriegen ihre Tracht Streiche, bis sie sich mit einem Geldstück von den kleinen Tyrannen loskaufen.

Gar so peinlich ist das gewöhnliche Betteln an den Türen, darum hält sich der Arme an dergleichen alt hergebrachte Sitten und Gebräuche, um sich durch dieselben auf möglichst harmlose und heitere Art ein paar Kreuzer oder einen ersehnten Festkuchen zu erjagen.

Der liebe kleine Gott geht durch den Wald

»Der liebe Gott geht durch den Wald!« – so singt ein altes Lied, aber eine alte Erfahrung zeigt, daß er im Walde nicht jedem begegnet. Die Rehe und Hirsche vielleicht sehen ihn, fürchten ihn aber nicht – er geht ohne Büchse um. Der Pecher-Lenz, im Walde geboren und den Wald seit vierzig Jahren durchstreichend, ist, wie er meint, dem lieben himmlischen Waldgänger noch nicht ein einzigesmal begegenet, wohl aber manchem, vor dem er fluchend ausgerufen: »Ei, der Teufel noch einmal!« Und doch! Auch der Lenz hat's erfahren: »Der liebe Gott geht durch den Wald.«

Sein – des Pechers – Haus steht im Walde; alles ringsum strebt in wilden Büschen und hohen Stämmen himmelwärts, und auf den Wipfeln klingt die Lust – nur das Haus kriecht auf dem Sande, und seine Kammern sind dunkel. Bis ins dreißigste Jahr war der Lenz ein armer Pechersbursche gewesen; dann nahm er sich ein Weib und war nun der arme Pechersmann geheißen. So groß war der Unterschied.

Seinem Vater ist's nicht viel besser ergangen. Der ist

Waldhüter gewesen, aber von dem hochgelobten Walde war nur das Bitterste sein eigen – das Pech (Harz). Doch ließ sich's dabei leben; die Pecher, wohlgemerkt die ledigen, pfeifen beim Baumschaben heitere Liedeln, und die Terpentiner haben mitunter so schlecht nicht gezahlt. Das Handwerk ernährt seinen Mann – aber nur den Mann, nicht etwa auch noch Frau und Kinder.

»Bei Euch in der Waldhütte sollte der Zölibat sein«, sagte einst ein fremder Jäger zum Pecher-Lenz.

»Was ist denn das für ein Ding?« fragte der Lenz. »Ist's was zum Essen oder zum Anlegen?«

Als sich der Fremde näher erklärte, wurde der Lenz fast aufgebracht. Sein ganzes Glauben, Lieben und Hoffen geht auf Weib und Kind. Er selber ist so viel als Bettelmann. Wenn er im Walde ein grünes Reis auf seinen Hut steckt – es ist fremdes Gut. Die Hütte, in der er wohnt, steht auf dem Boden des Herrn Gallheim und ist gebaut aus dem Holze des Herrn Gallheim. Nur Weib und Kind sind sein eigen. Gallheim ist ein flinker Jäger und fröhlicher Lebemann, und ein kleiner Scherz mit der drallen, biederen Pecherin – warum nicht? Anderer Meinung ist der Lenz; der hat dem Gutsherrn darüber etwas Grobes gesagt. Grobsein aber ist nichts für einen armen Teufel; der muß allemal Süßwurzeln kauen, wenn er mit dem »gnädigen Herrn« spricht.

Nun, der Lenz hat eben getan, wie er getan hat – wie

ich auch täte, an seiner Stelle – und so ist ihm eines Tages ein großer Brief ins Haus gekommen. Der Lenz kann nicht lesen, aber sein Weib hat die unselige Kunst gelernt; er knittert mit Mühe das feine Zeug auseinander; das Blatt bleibt kleben an seinen harzigen Fingern! »Alte, geh, schau, was da drauf steht.«

Da drauf stand solches:

»An Lorenz Hackbretter im Kesselwald. Demselben diene zur Kenntnis, daß von nun ab forstwirtschaftlicher Rücksichten wegen das Pechschaben nicht mehr gestattet ist. Dawiderhandelnde verfallen der Strenge des Gesetzes. Der Oberförster

im Auftrage des Herrn von Gallheim, Gutsbesitzer.«

So hatte das junge Weib gelesen.

»Nau?« sagte der Lenz, »und sonst nichts mehr? Der paar Worte wegen das viele Papier?«

Er steckte die Hände in die Hosentaschen, ging in den Wald und brummte. »Nicht mehr gestattet! Forstwirtschaftlicher Rücksichten wegen, oder wie das Zeug heißt! Nun ja, die Sach' muß einen Namen haben! Allfort hab' ich acht gegeben auf den Stamm; dieser schöne Wald, wie er heute dasteht, unter der Pechschabe ist er aufgewachsen. Und jetzt auf einmal ist's ein Verderben. Sakra, was heb' ich jetzt an!«

Gelernt hat er nichts. Wurzeln- und Kräutergraben ist noch das einzige; aber wenn er des Abends heimkehrt von seinen Gängen, ist er oft trotzig und launisch, und unwirsch stößt er sein Kind, das Magdale, von sich, wenn es zu ihm herankommt und in Kindlichkeit fragt, was das Reh mache draußen im Walde.

Das Reh draußen im Walde? Das bringt den Lenz auf neue Gedanken. Und eines Tages nimmt er den alten Kugelstutzen aus dem modernden Schranke hervor, schleicht damit hinaus, stellt sich an und siehe, harmlos kommt ein prachtvoller Hirsch mit hohem Geweih herangeschritten. Der Mann fährt mit dem Gewehr zur Wange – da sieht er in den Schaft eingegraben das Herz, aus dem ein Kreuz wächst. Das ist das liebe, traute, alte Zeichen, welches sein Vater so gern in Stab und Stiel seiner Werkzeuge eingegraben hatte.

Ein Kreuz – der Vater ist arm gewesen; ein Herz – er ist treu geblieben. Das Gewehr entsinkt dem Manne, und der Hirsch läuft flink über die Matte hin.

Ein Herz und ein Kreuz! Er hat Weib und Kind und wird sie mit Kräuter- und Wurzelgraben in Gottes Namen ernähren.

Was geschah? Die Hirten taten sich zusammen und verklagten den Wurzelstecher, daß er den Grasboden verwüste. So wurde ihm auch dieses untersagt, und er ging verloren in den Wäldern umher und wußte nicht, was beginnen.

Ihr fragt, ob ihm nicht doch der liebe Gott begegnet sei mit einem guten Gedanken? Was helfen gute Gedanken dem, der sie nicht ausführen kann! Wohl aber ein anderer Geist trat ihn bisweilen an, der flüsterte: Lenz, bist ein Mensch, hast ein Recht an die Welt; hast die Pflicht der Erhaltung gegen die Deinen, aber keine gegen Gallheim, keine gegen die reichen Bauernhöfe draußen, keine gegen den Wanderer, der durch den Wald muß.

»Hinweg!« rief der Mann in solchen Augenblicken und schlug mit der Faust in die Luft hinein, »ein ehrlicher Mann will ich bleiben. Sakra, das will ich sehen, ob ich's nicht durchsetz'!«

Ein Raucher war er. Für all seine Mühe und Arbeit war der persönliche Lohn stets ein Pfeifel. Dieweil er nun keinen Tabak mehr kaufen konnte, beizte er Buchenblätter in Harz und wunderte sich schließlich, wie der Arbeitsmensch so viel Geld ausgebe für ein Ding, das er selber bereiten kann.

Magdale gedieh. Sie war nun sieben Jahre alt, war fleißig und brav, und als Weihnacht herankam, hoffte sie auf eine Gabe vom Christkind. Vater und Mutter lächelten bitter. Das Christkind kommt zu den braven Kindern nicht alle Jahre! –

Der Lenz hatte an dem Tage draußen beim Klausenwirt wohl eine Semmel und etliche Äpfel erstanden, um damit die Ehre des heiligen Christ zu retten. Aber auch ein Tannenbäumchen soll da sein, und Lichteln dran. So war's früher stets gewesen, und so wurde es erwartet.

Der Lenz ist am selben Tag wieder nicht daheim. Er

streift im Walde herum. Der Boden ist hart gefroren, das Moos knistert unter den Füßen, die Äste hängen, von Eisnadeln des Nebelfrostes belastet, tief herab. Der Lenz wandelt zwischen den Bäumen. Vor manchem jungen Tannenwipfel bleibt er stehen. »Es wäre schon das rechte«, murmelt er, »aber – darf ich denn? – Ich dürfte freilich nicht, aber heute schickt mich das Christkind, das diesen Wald hat wachsen lassen. Mein seliger Vater hat viel tausend Bäume gepflanzt und gehütet – so kann's doch nicht soweit gefehlt sein, wenn ich mir ein Stämmel davon heimtrage für mein klein Dirndl.«

Mit Hast fährt er nach seinem Taschenmesser, ein kräftiger Schnitt, und eine zarte Tannenkrone ist geknickt. In diesem Augenblick gellt ein Fluch. Zwei Männer mit Jagdgewehren stehen vor dem Lenz: Gallheim und sein Förster.

»Haben wir dich endlich, du verdammter Waldfrevler!« rief der Förster. »Schon seit lange werden von boshafter Hand in unseren Wäldern Bäume geknickt. Dieser Lump da tut's?«

»Ho ho«, brummte der Lenz, »nicht not, daß Ihr mich so anknurrt! Ich bin kein Lump, ihr Herren!«

»Was denn?« sagte Gallheim.

»In böser Absicht hab' ich mein Lebtag kein Zweigl vom Ast gebrochen.«

»So? Und dieser Wipfel, der weder einen Spatenstiel, noch ein Stück Brennholz gibt?«

»Zu Gnaden, Herr – fürs Kind ein Christbäumel.«

»Die Ausrede ist nicht übel«, lachte Gallheim, »aber einen Dieb und Waldfrevler läßt man nicht laufen. Förster, nehmt mir den Lungerer fest; die sichere Kammer wird ihm über die Festtage wohlbekommen.«

Der Lenz zerstampfte den Moosboden. »Schau, du großer, gestrenger Herr«, sagte er knirschend, »das Moos ist auch nicht mein eigen, und ich zertrete es doch. Klag mich! Die Luft ist auch nicht mein eigen, und die ich ausatme, mußt du vielleicht wieder einatmen – gnädiger Herr, du armer Schelm!«

Damit machte er es nicht besser, aber in ihm kochte Trotz und Wut. Einerseits sah er's, er war ein Dieb; anderseits fühlte er's, es geschah ihm Unrecht. Finster grub er seinen Blick in den Boden, ließ sich fesseln und davonführen.

Und das Tannenbäumchen blieb liegen auf dem frosterstarrten Boden, und statt der Christlichter glitzerten Eiskörner an den Zweigen.

Da hat sich an jenem Tage etwas zugetragen, das ganz so aussah, als hätte sich das Christkind für den armen Wäldler ins Mittel legen wollen; das liebe Christkind, welches den Reichen wohl glänzende Gaben bescheren mag, es heimlich aber doch lieber mit den Armen hält.

Im Arrest hatten seit langem schon die Spinnen ihre Webstühle aufgerichtet. An diesem Weihnachtsabend nun wurden sie durch den Pecher-Lenz ein wenig gestört. Der Lenz zerriß sich seinen Bart vor Schmerz und Wut. Er dachte an sein schutzloses Heim, in welchem ihn heute die Seinen vergeblich erwarten würden: das Weib in Furcht und Angst; das Kind schluchzend, bis es einschläft – das ist ihre Weihnacht. Und er, der Lenz, der geachtet hat sein Leben lang, daß er ein ehrlicher Mann verbleibe, sitzt im Gefängnis, wo vor ihm der Räuber saß, wo nach ihm der Strolch sitzen wird. Das ist seine Weihnacht! –

Zornig ob des Waldfrevlers und befriedigt zugleich, denselben erwischt zu haben, kehrte Gallheim in sein Herrenhaus zurück. Dort war Wirrnis und Jammer.

Theobald, der zehnjährige Sohn des Herrn, war, wie gewöhnlich, am Nachmittage auf seinem Schimmel ausgeritten. Das Haus stammte aus dem sechzehnten Jahrhundert und besaß eine Waffenkammer, in welcher sich mancherlei Rüstzeug befand. Nun war es heute dem Knaben eingefallen, derlei vom Reitknecht glätten und putzen zu lassen, daß es glänzte, und an sich zu hängen. So war er mit Blechwams und Helm und Schwert ausgezogen. Ein junger Ritter, dachte er an die Turniere und an die Burgfräulein, die er begehren und erstreiten wollte – und das feurige Roß trabte hinaus in den finsteren Wald.

Die übliche Reitstunde ging vorüber – Theobald kehrte nicht zurück. Es begann zu schneien, es begann zu dämmern – er kehrte nicht zurück. Als der

Hauswart im Hofe die Laternen anzündete, rannte der Schimmel schnaubend und mit hochfliegender Mähne zum Tore herein. Aber auf dem Rosse saß kein Reiter.

Jetzt ging das Entsetzen an. Die Mutter fiel in Ohnmacht. Der Vater schoß planlos umher. Die Dienerschaft stob verwirrt durcheinander; das Gesinde jammerte über den »lieben, guten, jungen gnädigen Herrn«. Die Knechte sprengten auf Pferden zum Tore hinaus. Der Wächter läutete in seiner Kopflosigkeit die Sturmglocke.

Die Frau des Hauses war die erste, welche wieder zur Besinnung kam. Sie eilte in den Schnee, in die Nacht hinaus; laut und hell rief sie ihr Kind, bis die Stimme versagte. Durch Heide und Wald irrte sie, und wo ein Kreuzbild stand, da sank sie auf die Knie und rang die Hände.

Herr Gallheim hastete wie ein gehetztes Wild über Berg und Tal; das Reh und der Edelhirsch, nach denen er sonst so gierig sein Feuerrohr gerichtet, flohen erschreckt und lugten aus Verstecken hämisch auf ihn hin. In der Finsternis stolperte Gallheim über ein gebrochenes Bäumchen. Der Tannenwipfel war's, weswillen der Pecher-Lenz im Gefängnisse lag. »Auch dieser Mann hat ein Kind!« so rief es in ihm. Er eilte weiter und stieß in sein Horn.

Die ganze Bewohnerschaft des Herrenhauses irrte im Walde. Der Pecher-Lenz war zu dieser Stunde fast der einzige Bewohner im großen Gebäude.

»Das ist eine schlimme Weihnacht!« sagten die Suchenden zueinander. »Wir werden morgen einen traurigen Christtag haben!« Und sie stießen ins Horn und lauschten; sie feuerten Schüsse ab und horchten vergebens auf ein Gegenzeichen. Wohl, sie vernahmen Schreie, aber das waren die der anderen Sucher. Keiner hatte eine Spur, keiner wußte Rat. Endlich begann ein wildes Gestöber; der Sturm rüttelte in den Stämmen und erstickte den Schall der Hörner. Die Schneeflocken tanzten wie rote Sternchen um die Pechlunten; da sagte einer: »Der Herrgott legt schon das Bahrtuch darüber.«

»Das ist eine schlimme Weihnacht!« So seufzte auch das Weib des Lenz im Waldhause. Sie ging von einem Fenster zum andern, eilte bei jedem Geräusch an die Tür – aber er kam nicht.

»Der Vater wird noch zum Christkind zu spät kommen«, meinte das kleine Magdale.

»Weiß Gott«, antwortete die Mutter halb für sich, »zu spät für das Christkind wird er nicht kommen. Aber so lange ist er noch nie ausgeblieben. Mir ist heute den ganzen Tag bange. Geh ins Bett, Magdale.«

Jetzt klopfte es ans Fenster.

»Gottlob! Gottlob!«

Aber er war's nicht. Ein verspäteter Holzhauer ging vorbei, der rief durch die Scheibe herein: »He, Muhme, was hat er denn angestellt?«

»Wer?«

»Er!«

»Ich weiß nicht, was Ihr meint«, sagte das Weib.

»Die Muhme wüßte es gar nicht? Na, so sage ich auch nichts. Das beste wird sein, die Muhme laßt mich heut in ihr warmes Stübel hinein.«

»Ich laß niemand ein. Mann! Lenz!« rief sie gegen den Ofenwinkel hin.

»Tue sich die Muhme nicht foppen«, lachte der Holzknecht draußen, »der Lenz ist heute nicht daheim – das weiß ich recht gut – und kommt auch nicht heim.«

Sie stürzte zum Fenster hin: »Wißt Ihr was? Wo ist er denn?«

»Mir sind sie begegnet«, berichtete der Holzer, »er hat den Hut im Gesicht gehabt, aber ich habe ihn doch erkannt. Die Hände sind ihm gebunden gewesen.«

Das Weib tat einen Aufschrei. Der Holzhauer ging weiter.

Und so ist anstatt des Christkindes im Waldhause der Jammer eingekehrt. Vielleicht als Vorbote nur.

»Geh schlafen jetzt!« sagte die Mutter.

Magdale blickte verwundert auf. War denn nicht Christabend? Das Weib hielt ihr Weinen zurück, das einzige, was sie ihrem Kinde tun konnte. Immer und immer wieder blies sie in die Glut des Herdes, und es wollte nicht brennen; so oft der Span verlosch, war es dem Mädchen, als hörte es irgendwo ein Schluchzen. Dann fragte es wieder nach dem Vater.

»Sei still!« gab das Weib endlich unwirsch zur Antwort; bald setzte sie weicher hinzu: »Der Vater sucht das Christkind und hat sich im Walde ein bissel verirrt.«

»Er wird es schon finden«, meinte das Magdale, »der kleine Gott geht durch den Wald, das Christkind hat gewiß ein goldenes Röckel an. Das tut schon leuchten.«

»Freilich«, sagte die Mutter.

Tiefer und tiefer ging es in die Nacht hinein. Draußen rauschte der Wind, und die Fensterwinkel waren vollgestopft von frischem Schnee. Im weiten Lande ist Glanz und Freude in dieser heiligen Nacht . . .

Das Weib des Pechers zündete eine rote Kerze an. Mehrmals hatte die Kerze schon geleuchtet – es war ein trüber Glanz. Als der Vater des Lenz gestorben war, da hatte sie gebrannt; als in einer wilden Gewitternacht die Lawine vom Schollberge niederfuhr und das große Wasser gegen dieses Haus tobte, hatte sie gebrannt. Die rote Kerze sollte brennen, wenn einstmals nach diesem Leben der Lenz und sein Weib das Auge schließen müßten im Waldhause. Es war die Sterbekerze. Und jetzt, da des Hauses ältester Bewohner, der ehrliche Ruf, gestorben war, jetzt brannte sie wieder.

Das Weib kniete vor dem Lichte nieder und betete zum Jesukinde.

Sie betete nicht in wilder Leidenschaft wie die vornehme Frau, sie betete mit Ergebung: »Ich lege, du heiliges Kind, mein Anliegen in deine Hände. Böses kann er nichts getan haben; es ist ja meine tägliche Bitt', daß ihn sein Schutzengel nicht sollt' verlassen. Aber mit gebundenen Händen! Hätte er denn doch gewildert, um dir zu Ehre, du heiliger Christ, einmal ein Stückel Fleisch heimzubringen? Armut und Sorge, o Gott, wie gern erträgt man's, nur nicht Schand und Schmach!«

»Jetzt sind sie draußen«, flüsterte das Magdale plötzlich. Und wahrhaftig, es war nicht das Klopfen des Windes – das war ein Pochen an der Tür.

Sogleich erfaßte das Weib die Kerze und eilte, zu öffnen.

Ein fremder Knabe stand vor ihr. Ein seltsamer Knabe; er hatte ein leuchtendes Kleid an. Die langen Locken waren voll Eis, die Augen voll Wasser. Vor Frost zitterte er und bat um Obdach.

»Ist denn kein Mensch bei dir?« rief das Weib. »Bist du allein? So komm, so komm nur!« Und sie fächelte den Schnee von seinen Kleidern, aber die Brust blieb leuchtend.

»Du liebes Christkind«, lispelte das Mädchen voller Andacht, »da setz' dich zum Ofen und wärme dich.«

Und immer wieder fragte das Weib, wo er herkäme, wer er wäre?

»Ich bin Theobald Gallheim«, antwortete endlich der Knabe. »Ich bin ausgeritten; da sind Wildhühner aufgeflogen, das Pferd ist scheu geworden und hat mich abgeworfen. Ich bin herumgegangen, bis es finster geworden ist. Dann ist der Wind und der Schnee gekommen, und ich habe gar nichts mehr gehört und gesehen und bin gefallen. Bin doch wieder weitergegangen lang und lang, und dann habe ich das Licht gesehen. Laßt mich liegen in Eurem Hause, und tut mir nichts Böses! Mein Vater wird schon kommen!«

Das Fieber schüttelte ihn, als er das sprach. Das Weib hatte Mühe, ihm die Schuhe von den Füßen zu bringen; sie waren schier angefroren. Der Knabe ächzte vor Schmerz; die Pecherin legte ihm kaltes Grubenkraut auf die froststarren Hände und Füße, dann brachte sie heiße Milch und führte den Löffel selbst zu seinem Munde.

Das Magdale war ein wenig zutraulich geworden. Und doch furchtsam schlich es spähend um den Knaben herum, schaute seine zarten Locken und seine weißen Wangen an und seine glänzende Brust und seine Augen. »Du armes Christkind, ist es doch richtig wahr, daß du so viel Kälte leiden mußt!«

Das Weib trug von allen drei Betten, die in der Stube standen, die Kissen zusammen und baute damit auf der Ofenbank dem kleinen Gaste ein Lager. Theobald legte sich hin, dann fielen ihm auch schon die Augen zu.

Dem geängstigten Weibe war leichter ums Herz geworden. Ihr war dieser Knabe, der in der Christnacht hilflos zu ihr gekommen, ein gutes Vorbedeuten.

Das Magdale, das gar nicht schlafen wollte, zerstreute sie mit alten Weihnachtsliedern:

»Ach, wie friert das göttlich Kind,
Wie geht nicht aus und ein der Wind –
Es liegt auf Heu und Stroh.
Ei, wenn ich nur das Häuserl hätt',
Das dort unt' im Dörferl steht,
Wie wär' ich doch so froh!
Ich nähm' die Mutter mit dem Kind,
Tät's führen in mein Häuserl g'schwind!«

Dabei unterbrach sich die Sängerin und horchte auf den Atem des Schlummernden; und das Magdale saß daneben und faltete die kleinen Hände ...

Gellender Waldhornschall draußen! Dem Weibe blieb das Lied in der Kehle stecken. Draußen schwere Tritte, die Tür geht auf, über und über beschneite Männer treten herein, unter ihnen eine schöne Frau.

Die Pecherin tat einen scheuen Blick auf die polternden Ankömmlinge, legte den Finger auf den Mund und wies auf den schlafenden Knaben. Kaum erblickte diesen die eintretende Frau, als sie mit einem Freudenschrei auf den Schläfer zustürzte. Der Knabe fuhr empor und blickte um sich. Und sah in dieser Hütte sich und seine Mutter.

Sogleich wurde auf dem nahen Feldhügel das Zeichen geblasen: Gefunden! Gefunden! –

Da kam auch Herr Gallheim. Alle kamen sie hier zusammen, und noch nie hatte das kleine Haus im Walde so viele und so fröhliche Gäste gesehen als in dieser Nacht.

Dem reichen Manne barst schier das Herz. Da sah er seinen Sohn so liebevoll gehalten von der Familie dessen, den er heute – –

Den schnellsten Reiter sandte er nach dem Herrenhause, um die eiserne Tür zu öffnen.

Sie waren alle noch beisammen, als der Lenz in einem vornehmen Wagen, bespannt mit zwei Rappen, angefahren kam.

Zur Stunde ging schon der Morgen auf.

»Verzeiht mir! Verzeiht mir alle drei! Ich will es gutzumachen trachten!« rief Gallheim. »Das Pechhacken, Lenz, das tut Euch schlecht und den Bäumen nicht gut. Aber die Förstersstelle wird frei, und zu Christbäumen für Eure Nachkommenschaft haltet von heute an dreißig Joch Waldgrund als Euer eigen.«

Na also, Magdale! Da wird der liebe kleine Gott ja noch oft durch den Wald gehen!

Weihenacht

Es ist vorbei. Nach achtzehnstündigem Hochsommer-Sonnenlichte ist im Westen die letzte Milch verschwunden, und in ihm stehen die Sternlein wie überall. Ich lehne auf der Matte der Berghöhe an einem großen Stein. Eine Schnecke muß ich beunruhigt haben, der Hausherr ist langsam hervorgekommen und trägt sein Haus behutsam über mein Bein. Will er mir's anbieten, mich einladen zur Herberge? Denn ich in den Wäldern Verirrter habe diesmal keine. So mache ich mich da bequem auf weitem Rasenbett, das Haupt an einen Stein gelehnt, und ringsum aus den sachten Hängen herauf recken die alten Fichten ihre zackigen Kronen. Matt stechen sie ab vom dunklen Himmel, und jener hohe Wipfel dort ist so von Sternen durchschimmert, daß er aussieht wie ein Christbaum armer Leute, der nur ein halb Dutzend Kerzlein hat.

Ich horche aus nach einem Nachtvogel. Nichts. Ich horche aus nach dem Zirpen der Heimchen, die man sonst überall kann hören zur Nachtzeit im weiten Gelände. Nichts. Ich denke, ob denn aus keiner

Schlucht ein Bachrauschen heraufweht. Es ist nichts, es ist alles ursteinstill. Still wie in der ewigen Ruh. Ich befühle meine Glieder, ich greife nach meinem Kopf. Ich möchte wissen, ob ich's bin oder nicht. Ich bin mir dessen nicht ganz sicher. Kann man denn das noch Sein nennen? Dann ist es das glückselige Sein der Ewigkeit. Oder ist es nur der große Stein, der auf der Matte liegt, der da träumt, er sei ein kleines dummes Menschenwesen, das am Steine lehnt im hohen Bergwald.

Das Gras ist feucht geworden. Ein Leuchtkäferchen gleitet darüber hin und hebt und senkt sich wieder zu Boden. Ein zweites dort. Ob sie sich gegenseitig suchen mit ihren Laternchen? Und ob sie sich nicht finden, weil jedes von seinem eigenen Laternchen geblendet ist? Wer ein Licht sucht, dem bekommt's besser, wenn er selber lichtlos ist. Bei den Menschen auch so; Einfältige finden leichter Licht beim Weisen als Übergescheite. Aber nein, diese Glühwürmchen tragen das Licht der Liebe an sich, nicht wie bei den Menschen, die die Liebe blind macht und die erst, nachdem sie geliebt haben, sehend werden. –

Ich bin ganz lichtlos und weine zu den Sternen hinauf. Wie Silbersand sind sie gestreut über den weiten schwarzen Himmel. Aber sie leben, fast alle leben sie, sie flackern wie Lichtlein im Lufthauch, sie zittern wie Tautröpfchen in der Morgenfrühe. Einzelne kommen näher, als fielen sie herab, und bleiben doch immer an ihrer Stelle. Und jetzt fliegen viele herab, aus dem Hintergrund rücken sie nach, mehrere sind schon ganz nahe, andere stehen tief oben und ich bleibe allein in meinem Walde. Aber gesehen müssen sie mich haben, sie schauen alle auf mich her. Und winken mir zu und blinzeln. Hau! Der ganze Himmel ist auf mich aufmerksam geworden, und ein Sternlein raunt es dem andern zu: Siehe dort unten, ganz unten im Grase, am Stein! Dort klebt ein Räuplein, man nennt es Mensch. Es ist sehr nichtig. Es ist über alles Erbarmen nichtig. Aber man sagt, wenn der Falter herauskommt, der soll wunderbar sein, der soll in die ewigen Himmel fliegen können. – Zu mir soll er herfliegen, sagt ein stiller, ruhiger Stern, bei mir findet er einen Wonnefrühling, wo er immer Falter kann bleiben und gaukeln auf meinen bunten, süßen, heiligen Blumen. – Und ein anderer, lodernder Stern spricht: Zu mir soll er kommen, in meinem Feuer hat alles Gaukeln und Flattern und Wieder-zur-Raupe-Werden rasch ein Ende. – Und ein besonders geheimnisvoll zwinkerndes Sternlein flüstert: Oh, denket! Was dort ist und wird, das ist mehr als ein Falter, das ist stolzer als ein Adler, das ist unsterblicher als ein Phönix . . . Ich glaube, sie haben meine Seele entdeckt. Jetzt gucken sie einer über des andern Achsel neugierig herab, und plötzlich macht sich von den Sternen einer auf den Weg, wirklich auf den Weg zur Erde, und in einer langen, lichten Bahn fliegt er mit Himmelsätherschiffgeschwindigkeit. Aber noch ehe er herabkommt, ist er im Erdendunstkreis erstickt. Man wird seine Leiche irgendwo finden. Und ich bleibe wieder ohne Botschaft von den Himmeln.

Sollte auch ich mich so verflogen haben? Mir träumte doch von einer Stadt und von Leutegewimmel. Und wie ich mitgezappelt wäre. – Wo ist jetzt diese Stadt? Fern im Osten zieht sich ein dunkler Streifen, das ist ein Gebirgszug. Man kann das Gezack seiner wilden Felsenberge kaum sehen. Hinter demselben, noch einmal so weit, ist ein zweiter Gebirgszug von kahlen Almkuppen, und noch einmal zehn Meilen hinter demselben ist die letzte Höhe. Von derselben sieht man hinaus aufs feurige Meer. Es ist zu schauen, wie wenn auf einem ungeheuren Sumpf allerlei Irrlichter ihr schweigendes, gespenstisches Spiel trieben. Bis weit an den Horizont hin legt sich dieser unermeßliche Pfuhl mit dem bläulich-blassen Schein. Und das ist die Stadt. – Jetzt zu dieser Stunde, wo hier die erhabene Majestät der Nacht ist mit dem stillen, offenen Himmel, tanzen dort eine Million Menschen wie Mückenschwärme um die Lichter und Feuer. – Ist es nicht erst vor drei Sonnen gewesen, daß auch ich mitgetanzt habe dort und mir die Flügel versengt? – Ich preise dich, o Himmel, daß es war. Denn sonst würde ich nicht hier die Seligkeit dieser Weihenacht genießen. Leben jetzt in den weiten Waldbergen nicht Hunderte Menschen stumpf dahin und haben keine Ahnung von den heiligen Schauern der Ewigkeit, die da vom Sternenhimmel niederrieseln. Erst der im Sumpf gewatet, von der Irrlichter Lockung und Hetzung ermattet, er findet sich hier zu seinem wonnigen Erstaunen als Bürger der Ewigkeit.

Bleibe wach, mein Sohn, schlafe nicht ein. Du könntest von den Leuten träumen. Bleibe wach und siehe, was sich hier weiter vollzieht. Merkst du am Himmel die Wanderer? Es ist keine Völkerwanderung, es ist eine Weltenwanderung. Die drei Sterne, die in einem Dreieck gestanden, jetzt sind sie dort drüben über den Wipfeln, der eine versteckt sich schon hinter den Baumkronen. Und andere sind da, die du früher nicht gesehen hast. Und dort am Himmel ist ein schwarzes Fleckchen, wo nichts steht. Wenn du in dieses Flecklein hinausfliegen könntest, so würdest du dort am längsten reisen, ohne eine Welt zu finden. Vielleicht hunderttausend Jahre. Vielleicht zehnmal so lang. Aber endlich würdest du auch in dieser Richtung, wo das Auge jetzt nur Öde und Leere wähnt, einer fliegenden Welt begegnen. Mensch, wenn einer unermeßlich fliegen könnte und wenn er alle Räume ausflöge, um den Himmel zu suchen! Und er verirrte sich im Weltenraum, sähe von weitem die Lichter und fände zu keinem hin, und fände keine Ruhestatt, so weit er auch flöge, an kreisenden Massen vorbei, immer und immer im Leeren dahin! Denke dir das. – Und solches könnte einem passieren, der seinen Himmel in jenen unfaßbaren Räumen suchen wollte. Haben nicht die flüsternden Sterne vorhin angedeutet, als ob du der Mittelpunkt von allem wärest, der du hier am Steine liegst! Und als hätten sie sich ehrerbietig geneigt vor dir, der gottähnlichen Menschenseele! Die riesigen Welten geneigt vor dir, du leidende, streitende, sehnsüchtige Seele! – Sachte sank von den Sternbildern die Waage hernieder. Erst stand sie gleich. Dann hob sich sachte die eine der Schalen, und die andere senkte sich. Die eine, die sich hob, war mit tausend Welten belastet; in der anderen, die sich senkte, lag meine unsterbliche Seele. Da kam der Wagen mit seinen feurigen Rädern, an ihn gespannt der Bär und der Löwe, und der Fuhrmann befeuerte sie mit flammender Schlangengeißel. Der Jäger hob mich in den Wagen, die Jungfrau flocht mir Planeten ins Haar, die Zwillinge schützten mit Fächern mein Auge vor dem Übermaß von Licht, das mein Gefolge ausstrahlte. Eine ganze Prozession von Sternen und Sonnen war meine Begleitung, und hinten, ganz hinten kollerte hüpfend ein Kügelchen nach, ein ganz kleines, schimmerndes Kügelchen – das war der Erdball.

In solchem Aufzug war ich dahingeflogen – ich weiß nicht wie lange Zeiten. Dann stand's in Ruhe. Vor mir war ein Baum, riesengroß, mit seiner Krone in himmlische Sphären hineinragend. Da kamen Sterne herangeflogen, wie goldene Vöglein, umkreisten den Baum, setzten sich auf die Zweige und schaukelten sich, und da stieg im durchleuchteten Baum, ganz innerhalb am

Stamm, eine Gestalt hernieder, von Ast zu Ast, immer weiter herab zu mir. Ein nacktes Knäblein war's. Den Boden kaum berührend, ging es auf mich zu, stand vor mir, legte mir die weißen Ärmchen um den Hals, und mit wundersamen Kindesmärchenaugen lächelte es mich an.

Es war der junge Gott in Menschengestalt. –

Diese Ereignisse hatten sich vollzogen in tiefster Stille, da ich geträumt von jener Hochsommernacht. – Nun aber hörte ich einen fröhlichen Lärm. Anfangs ganz von ferne her, dort, wo über den Bergen die Morgenröte gestanden. Dann Vogelgesang und helles Kinderlachen ganz in der Nähe. Und über mir, der ich im Lehnstuhl saß und die Augen öffnete, ragte im Lichterglanz der Weihnachtsbaum.

Hauptmann Alles

Ja, diesen Weihnachtsmorgen vergesse ich nicht. Eben trete ich hinaus in die kalte Morgenröte und schaue hin über die feuchten Schneefelder und denke: Heute ist Christtag, da muß man Gutes tun, und so will ich mir einen guten Tag antun.

Da kommt mein alter Knecht Martin von der Frühmesse daher – er hat heute seinen hochgespitzten Hut mit dem weißen Federbusch auf und sein vergnügtes Feiertagsgesicht an und eine große Zigarre drin stekken. Er raucht sonst Pfeifen, aber zu den hohen Festtagen, wenn der Mesner frische Kerzen in die Altarleuchter tut, da steckt sich der Martin zur größeren Ehre Gottes eine Zigarre in den Mund. Kann's aber nicht recht, zieht zu oft an, nebelt zu stark, nimmt sie dann nach jedem zweiten Zug aus dem Mund und spuckt die Tabakblättchen aus, die ihm an den Lippen kleben geblieben sind. »Guten Morgen«, sagt er jetzt zu mir, »aber in der Stadt geht's heut' zu!«

»Aha, sind die Wirtshäuser schon voll?« war meine Frage.

»Wäre schon recht«, antwortete mein Martin, »die Wirtsstuben sind leer und alle Türen haben sie offen gelassen. Die Leute umstehen das Kranzbäckenhaus. Im Kranzbäckenhaus hat sich in der Nacht was zugetragen.«

Auf diese Worte tat der Schalk, als wollte er weitergehen. Ich hielt ihn nicht zurück, und da er das merkte, blieb er von selbst wieder stehen und sagte:

»Der Herr soll mit ihm gestern spät in die Nacht hinein ja Karten gespielt haben!«

»Mit wem?« frage ich nun.

»Mit dem Hauptmann.«

»Was ist's mit dem Hauptmann?«

»Das erfährt man nicht. Ich bin während der ganzen Frühmesse vor dem Haus gestanden und habe gesehen, wie die Weiber ein und aus laufen und hinter sich allemal das Tor verriegeln. Eine hat gesagt, wir Leute sollten auseinandergehen und zusehen, daß uns selber die Gnad' Gottes nicht verlasse. Sonst erfährt man nichts.«

»Was muß das sein, wenn's den Weibern die Stimme verschlagen hat!«

»Im ganzen Kranzbäckenhaus«, fuhr mein Martin fort, »soll man noch die Schießbaumwolle riechen, sagen die Leute. Ich bin gegenüber auf das Wagenschuppendach gestiegen, aber man sieht nicht hinein; im Zimmer, wo der Hauptmann gewohnt hat, sind die Fenstervorhänge herabgelassen.«

Das war mir just genug. Ich eilte sogleich ins Städtchen. – Sollte er's denn wirklich vollbracht haben? Wir hatten am Abend zuvor das Wort für einen derben Scherz gehalten; in der Nacht, da ich schlaflos auf meinem Bette lag und die Christglocken klingen hörte, fiel es mir aber plötzlich ein: Dieser Mensch ist alles imstande.

Unter den Sonderlingen des Städtchens war mein Hauptmann das Prachtexemplar. Mit seiner Jugend soll es ganz regelmäßig zugegangen sein. Er war ein Soldatenkind, wurde selbst Soldat und war demnach auf jener festen Bahn, auf der man nie entgleisen kann, in seinem neunundzwanzigsten Jahre Hauptmann. In seinem dreißigsten hatte er das Mißgeschick, eine unvorhergesehene, sehr namhafte Erbschaft zu machen. Vor dieser Erbschaft – das versteht sich – war das Soldatenleben ein Glück für jeden, den es traf; es kräftigte Körper und Charakter; Pünktlichkeit, Gehorsam, Mut, Ritterlichkeit, und was weiß ich, lernte man nur beim Militär. Nach der Erbschaft war es plötzlich ein Knechteleben, ein Hundeleben – jeder ein Narr, der weggehen kann und es nicht tut. Hauptmann Alles wurde ein freier Mann und wandte sich den schönsten Seiten der Welt zu. Manche freie Stunde hatte er sonst mit Zeichnen, Farbenstudien, Musik oder anderen Künsten verbracht, jetzt wurde er Maler. Er wurde es so plötzlich, als man Staffelei, Leinwand, Farben kaufen und bereiten kann. Die braune Samtjoppe war auch da, nur das Wachsen des Knebelbartes konnte mit der

Vollendung des Meisters nicht gleichen Schritt halten. Und als die Freunde kamen und schauten, war es eine blendende Farbenpracht, und in den Blättern war die Rede von der edlen Komposition, von der Wärme des Tones, von dem harmonischen Zusammenstimmen, als handle es sich um eine Symphonie, und es war Meister Ahles' Gemälde gemeint. Da dachte Ahles, wenn das schon auf der Leinwand so fein komponiert, so warm im Tone, so harmonisch zusammenklingend ist, um wie viel besser noch läßt sich das in einem Musikstück machen. Und er komponierte eine Oper. Von dieser sagten seine Freunde, sie wäre bei der Unvollkommenheit unserer Opernbühne, bei dem Mangel an bedeutenden Sängern heutigentags absolut nicht aufführbar. Während nun der Meister auf einen fürstlichen Mäzen wartete, der ihm die Aufführung ermöglichen sollte, vertrieb er sich die Zeit mit Poesie. Er schrieb ein großes Werk, um das sich allsogleich zahlreiche Verleger bewarben – der Autor bezahlte nämlich im voraus bar den Druck.

Trotz alledem war dem Meister nicht wohl zumute. Anfangs hatte er keinen Tadel zu ertragen vermocht, allein das vorlaute, unbedingteste Lob, mit dem sie jetzt alles ohne Ausnahme, was von ihm kam, überschütteten, war ihm auf die Länge schier noch unangenehmer, ja nachgerade verdächtig. Eines Tages sagte ihm sein rücksichtslosester Freund: »Mir tut's weh, lieber Moritz, dich fortweg hänseln zu sehen. Laß das mit dem Malen, Komponieren und Dichten, du bist der Mann für etwas anderes.« Eine Weile nach diesem undankbaren Freundschaftsdienste führte der Hauptmann seine Liebhabereien noch fort, und zwar dem Freunde zum Trotz mit großtuerischem Wesen. Plötzlich jedoch verschleuderte und verschenkte er all seine Requisiten und Instrumente und kaufte sich in entlegener Gegend ein großes Landgut. Er verschrieb sich eine Anzahl landwirtschaftlicher Werke und fing an, genau nach solchen Lehren seine Wirtschaft zu betreiben. Er war glücklich über die Entdeckung, daß er ein genialer Landwirt sei. Die Kleinbauern um ihn her wagten es anfangs, seine neuen Methoden zu bezweifeln, indem sie sagten, daß eine Kappe nicht für alle Köpfe passe, und daß man die Gegend, das Klima und den Boden kennen und berücksichtigen, wenn man die Wirtschaft ertragsfähig machen wollte. Der Hauptmann ignorierte den verrosteten Sinn der fortschrittfeindlichen Nachbarn und arbeitete nach den allgemeinen Anleitungen der Fachgelehrten. Sonst aber gefiel der Mann den Bauern, er hielt mit ihnen, war stets nachbarschaftlich und uneigennützig, erleichterte ihnen den nötigen Verkehr mit der Außenwelt, indem er Roß und Wagen auf den Straßen hielt und Personen, auch oft kleine Warenladungen unentgeltlich beförderte. Auch nahm er sich in Steuerangelegenheiten ihrer an, bemühte sich, ihre Söhne dem Soldatenleben zu entziehen, und er sagte, wenn das Volk einmal die Soldaten verweigere, dann höre auch die Steuerplage auf. – Das war ihr Mann. Bei einer nächsten Wahl machten sie Herrn Ahles zum Abgeordneten.

Bei der ersten Sitzung verhielt sich der Gutsbesitzer im Parlamente ganz ruhig; es handelte sich um einen Zollvertrag. Er hörte die Vorschläge, ohne dafür oder dagegen zu stimmen, zum Schlusse aber bat er ums Wort. Er stellte folgenden Antrag: Es sei ein Zirkular an alle Fürsten der Welt zu erlassen, in dem sie gebeten würden, sich gegenseitig zu vereinigen, sich friedlich miteinander zu vertragen und ihre stehenden Heere zu entlassen. Er, der Antragsteller, glaube, daß sich keiner der hohen Herren weigern werde, diesen zu Gunsten eines jeden aufgestellten Vertrag eigenhändig zu unterschreiben.

Die Versammlung stutzte über diesen Spaß, den sich nach ihrer Meinung das neue Parlamentsmitglied an so ernster Stelle erlaubte. Als sie aber den ganzen Ernst des Redners sahen, da gab's Gelächter. Während die Glocke des Präsidenten zur Ruhe klingelte, trat Herr Ahles zornig von seinem Sitze ab und wurde im Hause nicht mehr gesehen.

Nach dieser Zeit verlegte er sich mit großer Passion auf die Zuckerrübenkultur und erbaute auch eine Tuchfabrik, zu deren Zweck er eine große Schäferei anlegte von friesischen und englischen Schafen, die eine recht lange Wolle hatten.

Mittlerweile war seine Feldwirtschaft glücklich so

tief herabgekommen, daß Ahles, dem man wegen seiner Allseitigkeit den Spitznamen »Alles« gab, daran die Freude verlor. Er suchte sich nun für seine Sorgen und Mühen zu zerstreuen, indem er in den Städten umherfuhr und das Leben genoß. Endlich kam er in unser kleines Landstädtchen, das nicht allzuweit von seinen Besitzungen entfernt lag, und in dem er sich beim Kranzbäcken ein Zimmer mietete. Er hatte das Bedürfnis, jemand zu sein. Er hatte allerlei Erfahrungen, hatte noch immer Geld, so wollte er noch einmal widerhallen. Das Städtchen war just klein und groß genug dazu, daß ein Mensch, wie der Hauptmann, darin seine überlegene Rolle spielen konnte. Er förderte Gesellschaften, die sich von ihm begasten und unterhalten ließen; er gründete Vereine, die ihn zum Präses machten, er veranlaßte öffentliche Wohltätigkeiten, und es erschien keine Nummer des Wochenblattes, die nicht preisend seinen Namen nannte. Daneben fand der noch immer als Garçon lebende Mann auch noch Zeit, den Frauen ein feiner Ritter zu sein. Er war der aufmerksamste Kavalier und versäumte keine Gelegenheit, den Damen gefällig zu sein, ihnen etwas Verbindliches zu sagen, sie zu verteidigen, wo es einen lustigen Strauß gab, ihnen Blumen zu pflücken, von denen er auch immer selbst im Knopfloche trug. Es fiel im Städtchen von schöner Hand kein Batisttüchlein zu Boden, das der Hauptmann nicht auf die galanteste Weise aufhob. Dazu war er ein schöner Mann, der sich den in seinen diplomatischen Tagen gegründeten Backenbart wieder wegschnitt, den Schnurrbart spitzte, sich wieder gerne Hauptmann nennen ließ, und der sich mit seiner Landwirtschaft nur insofern abgab, als er monatlich ein gut Stück Geld in sie hineinsteckte und täglich herzhaft auf sie losschimpfte.

Aber auch in diesem harmlosen Städtchen gab es Leute, die eine so schöne segensreiche Existenz allmählich zu untergraben suchten. Es erwuchsen gesellschaftliche Zirkel, die ohne Hauptmannsspäße bestanden, Vereine, in denen der Hauptmann nicht Präses war, Wohltätigkeitsvorstellungen, die der Hauptmann nicht anordnete, Wochenblattnummern, die den Namen des Hauptmanns nicht oder leise spottend nannten, und es gab Frauen, die seinen Aufmerksamkeiten in sehr kühler Weise dankten und sie hinter seinem Rücken in sehr warmer Weise belächelten. Nur eines mußten ihm auch seine Feinde nachsagen, nämlich, daß er ein Mann sei in den besten Jahren. Aber sie setzten dazu, daß es traurig sei, wenn ein Mann in den besten Jahren so weit fertig ist, daß er die Zeit in Wirtsstuben mit Knasterrauchen und Kartenspiel zubringt.

Und fürwahr, es war soweit gekommen; der Hauptmann Alles saß mit verlotterten Spießgesellen in den rußigen Schenken, und so verbrachten wir die Winterabende mit Trinken, Rauchen, Knurren und Karteln. Seine Laune war nicht die beste, und außer daß er bisweilen einen warmherzigen Fluch ausstieß, wenn ihm ein sehr schlechtes oder ein sehr gutes Blatt zufiel, war er wortkarg. Er trank dabei alten Wein, lud uns aber selten mehr zu seinem Trinken, wie er es früher gewohnt war. Gegen die Weiber war er etwas süßsauer geworden, und als uns am Christabende die stets heitere Wirtin einen Teller mit Früchtebrot auftischte, das sie eigenhändig gebacken hatte, schob er den Teller unwirsch zurück und brummte, es möge jeder die Früchte seiner Taten selber genießen. Um so mehr sprach er dem Weine zu; wir anderen ließen uns auch den Lieblingstropfen holen, und so war der Abend recht leidlich vergangen. Auf einmal legte der schweigsame Hauptmann seine Karten auf den Tisch und sagte: »Es wird das Ersprießlichste sein, wenn ich jetzt nach Hause gehe und mich totschieße.«

Wir taten einen freundschaftlichen Lacher, obwohl jeder von uns denken mochte, daß ein so schaler Spaß eines so prächtigen Lachers eigentlich nicht wert sei. Wir spielten nicht weiter, denn wir hörten die draußen im Schnee knarrenden Tritte der nächtigen Kirchengänger. Wir standen auf und gingen auseinander. –

Während ich mir nun die ganze Geschichte so ins Gedächtnis gerufen hatte, kam ich ins Städtchen und vor das Haus des Kranzbäcken. Die Leute hatten sich verlaufen, ich ging den geradesten Weg in die Wohnung meines Zech- und Spielgenossen. An der halbangelehnten Tür derselben stand eine alte Frau. Dieses Anzeichen war schlecht; aber die alte Frau machte eine wichtige, nicht gerade trübselige Miene, und dieses Anzeichen war gut. Sie deutete mit der Hand, welche ein Milchtöpfchen hielt, gegen die Türe und flüsterte, ich möge nur eintreten, aber nicht allzuviel kalte Luft mit durchlassen. Ich tat's; das Zimmer war dunkel und still – meine Augen suchten den Hauptmann. Endlich fanden sie ihn, er saß unweit des Ofens in einem geborgenen Winkel, rauchte die lange Hauspfeife und schaute auf ein Ding hin, das in seinem Bette lag, sehr sorgfältig verwahrt, das bei näherer Besichtigung nichts anderes war als ein neugeborenes Knäblein.

»Hauptmann!« rief ich.

»Halte dein Maul!« pfauchte er.

Allerdings, das Christkind schlummerte. Und das Angesicht des alten Kerls mit dem Schnurrbart schmunzelte. Meiner Seel', das war ein redliches Schmunzeln – der Mann kam mir noch niemals so schön und gut vor als jetzt mit diesem Angesicht, das der Rauch umwölkte und in dem die zwei Augen leuchteten wie Sterne der Christnacht.

Jetzt trat die alte Frau zu ihm, fragte bescheidentlich, ob er bei Troste sei, und nahm ihm die Pfeife vom Munde weg. Nun hatte aber dieser Hauptmann die gottlose Gewohnheit, immer etwas vor den Lippen haben zu müssen; als ihm das Pfeifenrohr weggenommen wurde, neigte er sich hin und küßte das Kindl.

»Der Bursch' ist mein!« rief er dann und hat es mir begründet.

Hat hernach auch das weitere erzählt. Er war in der Nacht nach Hause gegangen mit dem festen Vorsatze, einmal in seinem Leben eine wirkliche Tat zu üben, nämlich zu sterben, bevor er noch weiteren Unsinn begehe. Da fand er in seinem Zimmer die alte Frau, sie legte ihm etwas in die Arme und sagte: »Da bringe ich dem Herrn ein Christkindel. Der Kleine wolle sich an den Vater halten, dem gehe es besser als der Mutter; die Mutter käme auf Wunsch auch nach.«

Was ließ sich dazu sagen, was ließ sich machen?

Alsbald verbreitete sich das Gerücht, daß in der Stube des Hauptmannes etwas Absonderliches, Geheimnisvolles sei, und am Morgen versammelten sich vor dem Hause die Leute, zu denen die alte Frau dann sagte, sie sollen auseinandergehen und sich selber vorsehen. Nach wenigen Wochen kam auch die Mutter – ein armes, aber schönes blasses Weib, und nun war zum Totschießen keine Zeit und kein Verlangen mehr. Der Hauptmann zog mit Weib und Kind auf sein Landgut. Die Häuslichkeit mit ihrer Liebe und ihren Sorgen hat seinem zerfahrenen Leben endlich Inhalt und Wert verliehen.

Seit jener Zeit sind die fünften Weihnachten vorbei. Hauptmann Alles hat der Welt nicht mehr Anlaß gegeben, seiner zu spotten.

Das Christkind von Scharau

Das Frommsein ist süß. Nur schade, daß es bloß alle heiligen Zeiten einmal sein kann. Die übrige Weile muß der Mensch an was anderes denken. Zu viel von der Gattung macht mager, meint der Baumbart-Bauer. Aber wenn eine heilige Zeit kommt – insonderheit die Weihnachtszeit, da tut er die Bibel herfür. Die Bibel und das Bübel, das letztere ist sein jüngstes Söhnlein und dem legt er die Bibel aus und sagt: »Mein Gott, die Kinder!«

Denn der Knabe brennt durch und durch vor Liebe zum Christkind, und die heiligen Flammen schlagen ihm zu den hellen Augen heraus. Und die Fäustlein sind gar fest gekniffen, denn es gibt auch ganz elendlich schlechte Leute in der Bibel.

Es ist der Heilige Abend und es geht schon ums Dunkeln. Der Baumbart-Bauer ist eben auch schon in den Jahren, wo man mit der Frömmigkeit nicht mehr viel versäumt. Er hat sich's in der Stube bei der Bibel recht behaglich gemacht, denn das gehört dazu, und er deutet nun dem Kleinen das Weihnachtskapitel:

»Ist selb' Zeit, mußt wissen, im heiligen Land eine Volkszählung gewest, im Vergleich wie bei uns vorigen Sommers, wo der Schulmeister als Umgangssprache die lateinische angegeben hat, was richtig ist, weil beim Fronleichnamsumgang Geistlichkeit und Mesner lateinisch beten.«

»Und die Ministranten auch«, vervollständigte der Knabe, weil er ja selber einer war.

»Gehört nicht her da«, sagte der Baumbart-Bauer. »Und bei der Leutaufschreibung im heiligen Land ist auch Unsere liebe Frau von weit her nach Bethlehem kommen, wo sie zuständig gewesen, und daß sie sich angeben wollt'. Ist ein arm' Weib gewesen, und wie's finster worden ist, hat sie in der ganzen Stadt Bethlehem keine Nachtherberg' gefunden.«

»Hat sie nicht bei ihren Blutsfreunden anfragen können, wenn sie zuständig ist g'west?« warf der Knabe sehr brav ein.

»Meinen sollt' man's«, sagte der Alte, »aber wer so bettelarm ist, der hat keine Vettern und keine Muhmen. So gern sich die ganze bethlehemitische Freundschaft später bei der Himmelfahrt der Mutter Gottes an ihre Falten angeheftet hätte, so gern hat sie zu Bethlehem dem armen Weib die Tür vor der Nase zugeschlagen. So sind die Leut', mein Bübel, so sind die Leut'!«

»Gelt, wenn sie zu uns wär' kommen, die liebe Frau, wir hätten ihr das hintere Stübel warm heizen lassen?«

»Gehört nicht her da!« sagte der Bauer, »so christlich sind wir gleichwohl in der Scharau, daß wir die Mutter Gottes nicht in einem Ochsenstall übernachten ließen, wie das Judenvolk von Bethlehem so unbarmherzig ist gewest; die armen Hirten haben braver sein müssen. Hör nur zu!«

Da ist die christliche Unterhaltung plötzlich unterbrochen worden. Die Baumbart-Bäuerin kam eilig in die Stube getreten, aber so leise, als ginge sie in eitel Socken; und halb über den Tisch hingelehnt, lispelte sie dem Ehemann zu: »Du, jetzt ist eine draußen, die will sicher dableiben heut' nacht.«

»Aha«, meinte er, »für die Festtage sucht sich das Bettelvolk allemal den Großhof. Die Krapfen, die du gebacken hast, riechen halt weitum in der Luft.«

»Ein Bettelweib ist's dieweilen zwar noch nicht, die draußen steht«, sagte die Bäuerin.

»Ist's wer der will, behalt sie und gib ihr eine Suppe.«

»Und bist gar nicht begierig, wer's sein möcht'?« fragte das Weib. »Raten kannst lang', derraten wirst es nicht.«

»Nachher wird sie von weit her sein.«

»Vom Masental herüber.«

»Etwan doch nicht die Plonel?«

»Schau, was du für eine scharfe Nasen hast«, sagte die Bäuerin, und indem sie sich weiter über den Tisch bog und noch näher ans Ohr ihres Mannes hin: »Das stinkt aber auch danach. – Sie laßt den Vetter schön grüßen.«

»Kann mir's denken. Umsonst kommt die nicht zu ihrem Vetter. So Leut' tragen allemal weniger ins Haus herein als hinaus.«

»Dasmal«, meinte nun die Bäuerin, wies aber, bevor sie weiter sprach, den Knaben davon; die Kinder brauchen nicht alles zu hören. »Dasmal möcht's umgekehrt sein, däucht mich schier –«

»Wie meinst das?« fragte der Bauer und lugte sie schief an.

»Geh hinaus, in der Küche steht sie, wenn sie sich nicht niedergesetzt hat. Betracht sie dir einmal, die Plonel, ob sie nicht schwerer aufgefaßt hat, als ein Weibmensch in solchem Alter tragen soll . . .«

In der Küche stand sie wirklich, denn sie hatte sich nicht niedergesetzt. Obwohl der größte Teil ihres Gesichtes und Körpers in ein wollenes Umhängetuch eingemummt war und obwohl sie so demütig und armselig dastand, merkte man doch leicht, daß sie jung und hübsch war. Die Augen, die zwischen der Vermummung aus einem vor Kälte und anderem geröteten Gesichte hervorschauten, waren treuherzig und traurig dabei. Die Hände, die in fingerlosen Handschuhen staken, hielt sie vorne unter dem Busen aneinander und in denselben ein Handbündel.

In der Länge war sie seit zwei Jahren nicht gewachsen, das sah der Baumbart-Bauer auf den ersten Blick. Die Plonel war ein armes, fleißiges und gutherziges Ding, eine Waise, und zur Zeit, als ihre Dienstherren mit ihr wohl zufrieden, mit dem Baumbart-Bauer weitläufig verwandt gewesen. Aber seit sie vor zwei Jahren aus der Scharau ins Masental hinübergewandert war, wo die Leute um ein gut Stück lustiger sind als da herüben, und wo sie in dieser Sache die Ehre der Scharauer rettete, indem sie tatsächlich dartat, daß Scharauerblut noch viel lustiger sein könne als welches vom Masental, und seit der Ruf davon ins Heimatdorf zurückgekehrt war – fand der Baumbart-Bauer, daß die Verwandtschaft mit ihr eigentlich nur eine »erheiratete« gewesen und dieselbe längst »mit Tod abgegangen«.

Diese erheiratete, aber mit Tod abgegangene Verwandtschaft hatte das Mädchen jetzt mitten im scharfen Winter aus dem fernen Tale herübergeführt, um zu den Weihnachtsfeiertagen ihre Vettern und Muhmen auf dem Baumbarthofe heimzusuchen. Als der »Vetter« in die Küche trat, wollte sie ihm die Hand küssen. Er ließ es nicht angehen, sondern sagte recht gutmütig, das wäre was Neues, daß sich die Plonel auch wieder einmal anschauen ließe. Sie sollt' nur ein wenig abrasten und einen Löffel warmer Suppe essen, auch dürfe sie ein Stück Weihnachtsbrot nicht verschmähen, obwohl er wisse, daß die Masentaler ein besseres hätten. Er täte gern sagen, daß sie in seinem Haus über Nacht bleiben möchte, wenn ein einzig Platzel aufzutreiben wäre; aber es sei über und über alles besetzt; Verwandte, die ihn über die Feiertage besucht, hätte er auch im Haus. – Na, wie's ihr alleweil ginge? Das Aussehen wär' nicht schlecht.

Der Plonel hatte es die Rede verschlagen. – Wie es ihr ginge? Daß sie müde ist vom weiten Weg und in einer schweren Bangigkeit! Und daß sie jetzt in der Scharau keine Herberg' hat! – Sie hat's nicht gesagt. Als sie des Bauern, ihres einzigen Verwandten, Worte gehört hatte, konnte sie weder essen noch trinken. Da müsse sie wohl wieder anrücken, sagte sie kleinlaut und betrübt, sie hätte noch einen weiten Weg. Die Bäuerin suchte ihr etliche Krapfen aufzunötigen; der Bauer sagte ihr noch freundliche Worte, und als das Mädchen das Umhängtuch fester um ihren Körper gebunden hatte und langsam, mit jedem Schritte völlig zögernd, in den dämmernden Winterabend hinausgegangen war, atmeten die guten Baumbartleute auf: »Gott sei Dank, daß wir die fortgebracht haben!«

Der muntere Knabe trachtete den Vater bei den Rockschößen wieder in die feierliche Stube zu zerren und rief: »Jetzt mußt du mir die Geschichte von Unserer lieben Frau in Bethlehem weiter erzählen!«

»Gehört nicht her da!« sagte der Bauer etwas unwirsch, wußte aber selbst nicht, warum er unwirsch war.

Als es ganz finster geworden und so recht der Frieden der heiligen Nacht über das Dorf ausgebreitet lag, als auch das Aveläuten verklungen war, die Glocken mit ihren letzten Schlägen aber noch anzudeuten schienen: Heute sagen wir nicht: gute Nacht, heute fangen wir noch einmal an! – da hieß es im großen Baumbarthofe plötzlich: »Der Kinigl-Peter ist da!« Das Knäblein schoß wie ein Pfeil zur Tür hinaus und stand auch schon vor dem wunderlichen Mann.

Der Kinigl-Peter war ein alter, großer, hagerer Patron, der zu jenen bestgesuchten und schlechtest geachteten Leuten gehörte, wovon jedes Dorf die seinen hat, Leute, die alles können und anfassen, wofür zufällig sonst niemand zuwege ist. Sie sind Strohdachdecker und Brunnengräber, Krankenwärter und Rattenfänger, Obstbaumpelzer und Honigausheber, Kapaunzüchter und Ochsenmacher, und noch viel mehr, kurz: nahezu alles – und darum nichts.

Der Kinigl-Peterl, der mit seinem rechten Namen Peter König hieß, verlegte sich außerdem noch auf die Kaninchenzucht, was ihm allerdings nicht viel zu schaffen machte, denn die Kaninchen züchten sich selber. Er hatte davon manch feines Brätlein und den Namen Kinigl-Peterl. Nebenbei hatte er eine kleine Familie mit einem nicht immer harmonisch gluckenden Weiblein und drei Töchtern, die schon erwachsen waren und zur Sommerszeit vor dem Häusel mitten auf der Straße saßen und mit Sandhäuflein und Steinchen spielten. Es waren die »drei armen Hascher« von Scharau. Ihr Vater hatte denn viel zu schaffen, daß sie zu ihrer geistigen Verkrüppelung nicht auch noch Hunger leiden mußten. Im Häusel sah's wohl arm aus, aber nicht bettelhaft, und der Peterl nahm jede Gelegenheit wahr, sich was zu »verdienen«.

Eine solche Gelegenheit zum »Verdienen« war die heilige Weihnachtszeit, da er von Haus zu Haus ging und den Leuten die »Geburt Christi« sang, wofür er eine kleine Gabe erntete. Denn überall beschloß er seinen Sang mit den Worten: »Glück hinein, Unglück hinaus, Gott besegne dieses Haus!«

So stand der Kinigl-Peterl in seiner langbemantelten, hageren, vorgeneigten Gestalt, mit dem kleinen Gesichtl und den weißen Bartstoppeln dran, mit frommen Gebärden, aber fürwitzigen Äuglein – so stand er da an der offenen Haustür; der Schein des Herdfeuers fiel auf ihn, und er sang die Geschichte der Einkehr zu Bethlehem, wie sie eine Stunde früher der Baumbart-Bauer aus der Bibel dem Knaben erzählt hatte. Nun kam der Bauer und legte sich aus dem Beutel zwei Silberzehner in die hohle Hand zurecht, denn das christliche Singen nach altem Brauch gefiel ihm gar wohl, und das Almosengeben schien ihm heute recht stimmungsvoll; es kam ihm bedeutend leichter an wie sonst: Nur heraus damit, Heiliger Abend ist nicht alle Tag'.

Der Peterl hatte die »Geburt« schier zu Ende gesungen; jetzt war er gerade dabei, wie die römischen Beamten zur heiligen Familie in den Stall treten, um von ihr die Beschreibung aufzunehmen.

Der Schreiber: »Sagt an, sagt an, wie des Kindleins Namen ist?«

Der Vater Josef: »Das Kindlein heißt Herr Jesu Christ.«

Schreiber: »Sagt an, wie heißt die Mutter fein?«

Josef: »Die Mutter heißt Maria rein.«

Schreiber: »Und saget, wie der Vater heißt?«

Josef: »Der Vater heißt der heilige Geist.«

Während solcher Zeremonie war aber auf dem Gesichtlein des Peterl keine rechte Andacht zu erkennen. Das gefiel dem Bauern nicht. Er hielt dem Alten die flache Hand mit den Silberstücken hin und sagte: »Du siehst, Peterl, es sind ihrer zwei. Und hab' sie dir geben wollen allzwei. Aber weil du's ein wenig schlampert machst mit der heiligen Sach', so kriegst nur einen.« Damit nahm er mit der andern Hand den einen weg und schob ihn in die Tasche. Den zweiten nahm der Peterl mit einer schönen Verbeugung und sang den Schlußvers:

»So sei dir, Haus, wohl ehrenwert
Des Boten letzter Gruß beschert,
Glück hinein, Unglück hinaus,
Gott –«

Der Peterl unterbrach sich und sagte recht demütig: »Ich hab' dir zwar das Ganze vermeint gehabt, Baumbart-Bauer, aber ich denk', das Letztere behalte ich für mich selber.«

Und schob davon. –

Wie diese zwei zu solcher Stund' und in der Weise auseinandergingen, hätte man nicht vermutet, daß sie sobald wieder miteinander sollten zu tun kriegen. Und doch schon in derselbigen Nacht.

Als der Baumbart-Bauer vom Mitternachtsgottesdienste nach Hause ging – es war ein heftiges Schneien und Stöbern eingetreten –, und als er an seinem einsam stehenden Heustadl vorüberkam, eilte aus diesem eine Gestalt hervor. Eine lange, hagere Gestalt. Der Bauer rief sie an, was sie im Stadel zu suchen gehabt? Der Kinigl-Peter war's, und der sagte ganz erregt: »Ah, du bist's, der Baumbart! Schau, das ist schon wieder überflüssig, daß eins bei Nacht und Nebel so weit in die Kirchen geht, wenn man das Christkindl auf eigenem Grund und Boden hat. Willst es wissen: da drinnen ist's, da drinnen im Heustadl. Ochs und Esel stehen nicht dabei, drum geh nur geschwind hinein, ich komm' auch bald nach.«

Er lief davon. Wie der Alte noch laufen konnte! Im Stadl war etwas zu hören. Der Bauer horchte. Das war ja schier das Schreien eines kleinen Kindes! – Er ging in die alte Bretterhütte, kroch über Stroh und Heu, rief herum, was denn da wäre, und war endlich ganz nahe dem jungen Geschrei. Da es stockfinster war, so machte er keinen Schritt mehr weiter, sondern fragte, wer da sei.

Nun antwortete ihm die matte Stimme eines Weibes, wenn er etwa nur aus Neugierde frage, so nenne sie ihren Namen nicht.

»Ist auch nicht nötig«, sprach der Bauer, »ich kenne deine Stimme, die habe ich heut' schon gehört. Warum sagst es denn nicht, daß es so mit dir steht?«

»Der Vetter hat mir beizeiten den Riegel vor den Mund und vor die Türe geschoben.«

»Wenn ich dein Vetter bin, so wird's mir auch zustehen zu fragen, wer die Schuldigkeit hat, daß er jetzt für dich sorgt; heißt das, wenn du's selber weißt.«

»Bauer!« sagte sie und ihre Stimme war kräftiger, »mein Mann ist jetzt beim Militär!«

Warum hat sie's nicht gesagt, daß sie verheiratet ist?

Weil sie nicht darum gefragt worden sei. Ihr Mann sei ein Auswendiger (Fremder), und mit so einem hebe man in Scharau keine Ehre auf.

Warum sie jetzt in die Scharau gekommen sei?

Weil sie noch vor den Wochen ihre Verwandten besuchen wollte. Die Zeit aber sei Gott bekannt. Die Verwandten hätten sie nun wohl gesehen – jetzt wolle sie Frieden haben.

Da kam schon der Kinigl-Peterl mit einem Laternlicht und mit einem breiten Buckelkorb, wie man solche im Sommer zum Grastragen braucht. Er stäubte sich am Eingang sorgsam den Schnee ab, dann kroch er über das Heu her und hinter ihm kroch sein Weib nach, das schleppte Mäntel und Bettdecken und rief der Mutter mit dem Kinde schon von weitem Koseworte zu, und daß sie nur getrost sein sollte, es kämen ja schon die Hirten mit warmen Suppen und Wollzeug und allerlei. Und der Peterl schlug vor, sie solle das liebe Christkindel nur keck anpacken und damit in den Korb kriechen, dann wolle er sie beide rechtschaffen weich und warm einwickeln und in sein Häusel tragen, wo schon alles bereit sei.

Und als der Baumbart-Bauer merkte, die zwei Häuslersleute wollten sich hier wirklich auf die frommen Hirten von Bethlehem hinausspielen, da schämte er sich und stellte sich bereit, die Arme in sein Haus zu nehmen. Sie aber dankte für die gute Meinung: »Ich bin eine arme Magd und will mit den Hirten gehen.«

Sie ging aber nicht, sondern ließ sich hübsch tragen und dankte Gott in ihrem Herzen, daß diese nötenreiche Nacht einen so freundlichen Christmorgen gefunden hatte.

Am Christtage, als die Leute erfahren hatten, was sich Merkwürdiges in der Scharau zugetragen, kamen sie ins arme Häuslein mit Lob und Gaben. Die Gaben für Mutter und Kind, das Lob für den Peterl und sein Weib. Die »drei armen Hascher« standen auch vor dem Bett und schauten das Wunder an. Es war, als ob von diesem ein Strahl ausginge, so verklärt lächelten ihre einfältigen Augen. Und so ist das Wort laut geworden und ist dem Kleinen, der hold heranwächst, der Name geblieben: »Das Christkind von Scharau«.

Ums Vaterwort

Ich habe im Grunde keine schlechte Erziehung genossen, sondern vielmehr gar keine. War ich ein braves, frommes, folgsames, anstelliges Kind, so lobten mich meine Eltern; war ich das Gegenteil, so zankten sie mich derb aus. Das Lob tat mir fast allezeit wohl, und ich hatte dabei das Gefühl, als ob ich in die Länge ginge, weil manche Kinder wie Pflanzen sind, die nur bei Sonnenschein schlank wachsen.

Nun war mein Vater aber der Ansicht, daß ich nicht allein in die Länge, sondern auch in die Breite wachsen müsse, und dafür sei der Ernst und die Strenge gut.

Meine Mutter hatte nichts als Liebe.

Mein Vater mochte derselben Artung sein, allein er verstand es nicht, seiner Wärme und Liebe Ausdruck zu geben; bei all seiner Milde hatte der mit Arbeit und Sorgen beladene Mann ein stilles, ernstes Wesen; seinen reichen Humor ließ er vor mir erst später spielen, als er vermuten konnte, daß ich genug Mensch geworden sei, um denselben aufzunehmen. In den Jahren, da ich das erste Dutzend Hosen zerriß, gab er sich nicht just viel mit mir ab, außer wenn ich etwas Unbraves angestellt hatte; in diesem Falle ließ er seine Strenge walten. Seine Strenge und meine Strafe bestand gewöhnlich darin, daß er vor mich hintrat und mir mit schallenden, zornigen Worten meinen Fehler vorhielt und die Strafe andeutete, die ich verdient hätte.

Ich hatte mich beim Ausbruch der Erregung allemal vor den Vater hingestellt, war mit niederhängenden Armen wie versteinert vor ihm stehengeblieben und hatte ihm während des heftigen Verweises unverwandt in sein zorniges Angesicht geschaut. Ich bereute in meinem Innern den Fehler stets, ich hatte das deutliche Gefühl der Schuld, aber ich erinnere mich auch an eine andere Empfindung, die mich bei solchen Strafpredigten überkam: es war ein eigenartiges Zittern in mir, ein Reiz- und Lustgefühl, wenn das Donnerwetter so recht auf mich niederging. Es kamen mir die Tränen in die Augen, sie rieselten mir über die Wangen, aber ich stand wie ein Bäumlein, schaute den Vater an und hatte ein unerklärliches Wohlgefühl, das in dem Maße wuchs, je länger und je ausdrucksvoller mein Vater vor mir wetterte.

Wenn hierauf Wochen vorbeigingen, ohne daß ich etwas heraufbeschwor, und mein Vater immer gütig und still an mir vorüberschritt, begann in mir allmählich wieder der Drang zu erwachen und zu reifen, etwas anzustellen, was den Vater in Wut bringe. Das geschah nicht, um ihn zu ärgern, denn ich hatte ihn überaus lieb; es geschah gewiß nicht aus Bosheit, sondern aus einem anderen Grunde, dessen ich mir damals nicht bewußt war.

Da war es einmal am heiligen Christabend. Der Vater hatte den Sommer zuvor in Mariazell ein schwarzes Kruzifx gekauft, an welchem ein aus Blei gegossener Christus und die aus demselben Material gebildeten Marterwerkzeuge hingen. Dieses Heiligtum war in Verwahrung geblieben bis auf den Christabend, an welchem es mein Vater aus seinem Gewandkasten hervornahm und auf das Hausaltärchen stellte. Ich nahm die Stunde wahr, da meine Eltern und die übrigen Leute noch draußen in den Wirtschaftsgebäuden und in der Küche zu schaffen hatten, um das hohe Fest vorzubereiten, ich nahm das Kruzifixlein mit Gefahr meiner geraden Glieder von der Wand, hockte mich damit in den Ofenwinkel und begann es zu zerlegen. Es war mir eine ganz seltsame Lust, als ich mit meinem Taschenfeitel zuerst die Leiter, dann die Zange und den Hammer, hernach den Hahn des Petrus und zuletzt den lieben Christus vom Kreuz löste. Die Teile kamen mir nun getrennt viel interessanter vor als früher im ganzen; doch jetzt, da ich fertig war und die Dinge wieder zusammensetzen wollte, aber nicht konnte, fühlte ich in der Brust eine Hitze aufsteigen, auch meinte ich, es würde mir der Hals zugebunden. Wenn's nur beim Ausschelten bleibt diesmal ...? Zwar sagte ich mir: Das schwarze Kreuz ist jetzt schöner als früher; in der Hohenwanger Kapelle steht auch ein schwarzes Kreuz, wo nichts daran ist, und gehen doch die Leute hin, zu beten. Und wer braucht zu Weihnachten einen gekreuzigten Herrgott? Da muß er in der Krippe liegen, sagt der Pfarrer.

Ich bog dem bleiernen Christus die Beine krumm und die Arme über die Brust und legte ihn in das Nähkörbchen der Mutter und stellte so mein Kripplein auf den Hausaltar, während ich das Kreuz in dem Stroh des Elternbettes verbarg, nicht bedenkend, daß das Körbchen die Kreuzabnahme verraten müsse.

Das Geschick erfüllte sich bald. Die Mutter bemerkte es zuerst, wie närrisch doch heute der Nähkorb zu den Heiligenbildern hinaufkäme!

»Wem ist denn das Kruzifixlein da oben im Weg gewesen?« fragte gleichzeitig mein Vater.

Ich stand etwas abseits, und mir war zumute wie einem Durstigen, der jetzt starken Myrrhenwein zu trinken kriegen sollte. Indes mahnte mich eine absonderliche Beklemmung, jetzt womöglich noch weiter in den Hintergrund zu treten.

Mein Vater ging auf mich zu und fragte fast bescheidentlich, ob ich nicht wisse, wo das Kreuz hingekommen sei? Da stellte ich mich schon kerzengerade vor ihn und schaute ihm ins Gesicht. Er wiederholte seine Frage, ich wies mit der Hand gegen das Bettstroh, es kamen die Tränen, aber ich glaube, daß ich keinen Mundwinkel verzogen habe.

Der Vater suchte das Verborgene hervor und war nicht zornig, nur überrascht, als er die Mißhandlung des Heiligtums sah. Mein Verlangen nach dem Myrrhenwein steigerte sich. Der Vater stellte das kahle Kruzifixlein auf den Tisch. »Nun sehe ich wohl«, sagte er mit aller Gelassenheit und langte seinen Hut vom Nagel, »nun sehe ich wohl, er muß endlich rechtschaffen gestraft werden. Wenn einmal der Christi Herrgott nicht sicher ist . . .! Bleib mir in der Stuben, Bub!« fuhr er mich finster an und ging dann zur Tür hinaus.

»Spring ihm nach und schau zu bitten!« rief mir die Mutter zu, »er geht Birkenruten abschneiden.«

Ich war wie an den Boden geschmiedet. Gräßlich klar sah ich, was nun über mich kommen würde, aber ich war außerstande, auch nur einen Schritt zur Abwehr zu machen. Die Mutter ging ihrer Arbeit nach, in der abendlich dunklen Stube stand ich allein, und vor mir auf dem Tisch lag das verstümmelte Kruzifix. Heftig erschrak ich vor jedem Geräusch. Im alten Uhrkasten, der dort an der Wand bis zum Fußboden niederging, rasselte das Gewicht der Schwarzwälder Uhr, welche die fünfte Stunde schlug. Endlich hörte ich draußen auch das Schneeabklopfen von den Schuhen, es waren des Vaters Tritte. Als er mit dem Birkenzweig in die Stube trat, war ich verschwunden.

Er ging in die Küche und fragte mit wild herausgestoßener Stimme, wo der Bub sei? Es begann im Hause ein Suchen, in der Stube wurden das Bett und die Winkel und das Gesiedel durchstöbert, in der Nebenkammer, im Oberboden hörte ich sie herumgehen, ich hörte die Befehle, man möge in den Ställen die Futterkrippen und in den Scheunen Heu und Stroh durchforschen, man möge auch in den Schachen (kleines Waldstück) hinausgehen und den Buben nur stracks vor den Vater bringen – diesen Christabend solle er sich für sein Lebtag merken! Aber sie kehrten unverrichteterdinge zurück. Zwei Knechte wurden nun in die Nachbarschaft geschickt, aber meine Mutter rief, wenn ich etwa zu einem Nachbarn über Feld und Wald gegangen sei, so müsse ich ja erfrieren, es seien mein Jöpplein und mein Hut in der Stube. Das sei doch ein rechtes Elend mit den Kindern.

Sie gingen davon, das Haus wurde fast leer, und in der finsteren Stube sah man nichts mehr als die grauen Vierecke der Fenster. Ich stak im Uhrkasten und konnte durch die Fugen desselben hervorgucken. Durch das Türchen, welches für das Aufziehen des Uhrwerkes angebracht war, hatte ich mich hineingezwängt und innerhalb des Verschlages hinabgelassen, so daß ich nun im Uhrkasten ganz aufrecht stand.

Was ich in diesem Versteck für Angst ausgestanden habe! Daß es kein gutes Ende nehmen konnte, sah ich voraus, und daß die von Stunde zu Stunde wachsende Aufregung das Ende von Stunde zu Stunde gefährlicher machen mußte, war mir auch klar. Ich verwünschte den Nähkorb, der mich anfangs verraten hatte, ich verwünschte das Kruzifixlein – meinen Leichtsinn zu verwünschen, darauf vergaß ich. Es gingen Stunden hin, ich blieb in meinem aufrechtstehenden Sarg, und schon saß mir der Eisenzapfen des Uhrgewichtes auf dem Scheitel, und ich mußte mich womöglich niederducken, sollte das Stehenbleiben der Uhr nicht Anlaß zum Aufziehen derselben und somit zu meiner Entdeckung geben. Denn endlich waren meine Eltern in die Stube gekommen, hatten Licht gemacht und meinetwegen einen Streit begonnen.

»Ich weiß nirgends mehr zu suchen«, hatte mein Vater gesagt und war erschöpft auf einen Stuhl gesunken.

»Wenn er sich im Wald vergangen hat oder unter dem Schnee liegt!« rief die Mutter und erhob ein lautes Weinen.

»Sei still davon!« sagte der Vater, »ich mag's nicht hören.«

»Du magst es nicht hören und hast ihn mit deiner Herbheit selber vertrieben.«

»Mit diesem Zweiglein hätte ich ihm kein Bein abgeschlagen«, versetzte er und ließ die Birkenrute auf den Tisch niederpfeifen. »Aber jetzt, wenn ich ihn erwisch, schlag ich einen Zaunstecken an ihm entzwei.«

»Tu es, tu es – 'leicht tut's ihm nicht mehr weh«, sagte die Mutter und setzte das Weinen fort. »Meinst, du hättest deine Kinder nur zum Zornauslassen? Da hat der lieb Herrgott ganz recht, wenn er sie beizeiten wieder zu sich nimmt! Kinder muß man liebhaben, wenn etwas aus ihnen werden soll.«

Hierauf er: »Wer sagt denn, daß ich ihn nicht liebhab? Ins Herz hinein, Gott weiß es! Aber sagen kann ich ihm's nicht. Ihm tut's nicht so weh als mir, wenn ich ihn strafen muß, das weiß ich!«

»Ich geh noch einmal suchen!« sagte die Mutter.

»Ich will auch nicht dableiben!« sagte er.

»Du mußt mir einen warmen Löffel Suppe essen! 's ist Nachtmahlzeit«, sagte sie.

»Ich mag jetzt nichts essen! Ich weiß mir keinen andern Rat«, sagte der Vater, kniete zum Tisch hin und begann still zu beten.

Die Mutter ging in die Küche, um zur neuen Suche meine warmen Kleider zusammenzutragen für den Fall, daß man mich irgendwo halberfroren finde. In der Stube war es wieder still, und mir in meinem Uhrkasten war's, als müsse mir vor Leid und Pein das Herz brechen. Plötzlich begann mein Vater aus seinem Gebet krampfhaft aufzuschluchzen. Sein Haupt fiel nieder auf den Arm, und die ganze Gestalt bebte.

Ich tat einen lauten Schrei. Nach wenigen Sekunden war ich von Vater und Mutter aus dem Gehäuse befreit, lag zu Füßen des Vaters.

»Mein Vater, mein Vater!« Das waren die einzigen Worte, die ich stammeln konnte. Er langte mit seinen beiden Armen nieder und hob mich auf zu seiner Brust, und mein Haar ward feucht von seinen Zähren.

Mir ist in jenem Augenblick die Erkenntnis aufgegangen.

Ich sah, wie abscheulich es sei, diesen Vater zu reizen und zu beleidigen. Aber ich fand nun auch, *warum* ich es getan hatte. Aus Sehnsucht, das Vaterantlitz vor mir zu sehen, ihm ins Auge schauen zu können und seine zu mir sprechende Stimme zu hören. Sollte er schon nicht mit mir heiter sein, so wie es andere Leute waren und wie er es damals, von Sorgen belastet, so selten gewesen, so wollte ich wenigstens sein zorniges Auge sehen, sein herbes Wort hören; es durchrieselte mich mit süßer Gewalt, es zog mich zu ihm hin. Es war das Vaterauge, das Vaterwort.

Kein böser Ruf mehr ist in die heilige Christnacht geklungen, und von diesem Tage an ist vieles anders worden. Mein Vater war seiner Liebe zu mir und meiner Anhänglichkeit an ihn inne geworden und hat mir in Spiel, Arbeit und Erholung wohl viele Stunden sein liebes Angesicht, sein treues Wort geschenkt, ohne daß ich noch einmal nötig gehabt hätte, es mit Bosheit erschleichen zu müssen.

Einer Weihnacht Lust und Gefahr

In unserer Stube, an der mit grauem Lehm übertünchten Ofenmauer, stand jahraus, jahrein ein Schemel aus Eichenholz. Er war immer glatt und rein gescheuert, denn er wurde, wie die anderen Stubengeräte, jeden Samstag mit feinem Bachsand und einem Strohwisch abgerieben. In der Zeit des Frühlings, des Sommers und des Herbstes stand dieser Schemel leer und einsam in seinem Winkel, nur an jedem Tag zur Abendzeit zog ihn die Ahne etwas weiter hervor, kniete auf denselben hin und verrichtete ihr Abendgebet. Auch an den Samstagen, wenn der Vater am Tisch die Feierabendandacht vorbetete, kniete die Ahne auf dem Schemel.

Als aber der Spätherbst kam mit den langen Abenden, an welchen die Knechte in der Stube aus Kienscheiten Leuchtspäne schnitzten und die Mägde sowie auch meine Mutter und die Ahne Wolle und Flachs spannen, und als die Adventzeit kam, in welcher an solchen Span- und Spinnabenden alte Märchen erzählt und geistliche Lieder gesungen wurden, da saß ich beständig auf dem Schemel am Ofen.

Ich hörte von da aus den Geschichten und Gesängen zu, und wenn solche schauerlich wurden und sich meine kleine Seele aufzuregen und zu fürchten begann, rückte ich den Schemel näher zu der Mutter und begann mich ängstlich an ihr Kleid zu halten, und ich konnte gar nicht mehr begreifen, wie die anderen über mich oder über ihre schrecklichen Geschichten noch zu lachen vermochten. Zuletzt, als es zum Schlafengehen kam und mir die Mutter mein Ladbettchen hervorzog, wollte ich schon gar nicht mehr allein in das Bett gehen, und es mußte die Ahne neben mir liegen, bis die fürchterlichen Bilder in mir vergingen und ich endlich einschlief.

Aber die langen Adventnächte waren bei uns immer sehr kurz. Bald nach zwei Uhr begann es im Hause unruhig zu werden. Oben auf dem Dachboden hörte man die Knechte, wie sie sich ankleideten und umhergingen, und in der Küche brachen die Mägde Späne ab und schürten am Herde. Dann gingen sie alle auf die Tenne zum Dreschen.

Auch die Mutter war aufgestanden und hatte in der Stube Licht gemacht; bald darauf erhob sich der Vater, und sie zogen Kleider an, die nicht ganz für den Werktag und auch nicht ganz für den Feiertag waren. Dann sprach die Mutter zur Ahne, die im Bett lag, einige Worte, und wenn ich, erweckt durch die Unruhe, auch irgendeine Bemerkung tat, so gab sie mir bloß zur Antwort: »Sei du nur schön still und schlaf!« – Dann zündeten meine Eltern eine Laterne an, löschten das Licht in der Stube aus und gingen aus dem Hause. Ich hörte noch die äußere Tür gehen, und ich sah an den Fenstern den Lichtschimmer vorüberflimmern, und ich hörte das Ächzen der Tritte im Schnee, und ich hörte noch das Rasseln des Kettenhundes. – Dann wurde es wieder ruhig, nur das dumpfe, gleichmäßige Pochen der Drescher war zu vernehmen, dann schlief ich wieder ein.

Der Vater und die Mutter gingen in die fast drei Stunden entfernte Pfarrkirche zur Rorate. Ich träumte ihnen nach, ich hörte die Kirchenglocken, ich hörte den Ton der Orgel und das Adventlied: Maria sei gegrüßet, du lichter Morgenstern! Und ich sah die Lichter am Hochaltar, und die Englein, die über demselben standen, breiteten ihre goldenen Flügel aus und flogen in der Kirche umher, und einer, der mit der Posaune über dem Predigtstuhl stand, zog hinaus in die Heiden und in die Wälder und blies es durch die ganze Welt, daß die Ankunft des Heilands nahe sei.

Als ich erwachte, strahlte die Sonne schon lange zu den Fenstern herein, und draußen glitzerte und flimmerte der Schnee, und die Mutter ging wieder in der Stube umher und war in Werktagskleidern und tat häusliche Arbeiten. Das Bett der Ahne neben dem meinigen war auch schon geschichtet, und die Ahne kam nun von der Küche herein und half mir die Höschen anziehen und wusch mein Gesicht mit kaltem Wasser, daß ich aus Empfindsamkeit zugleich weinte und lachte. Als dieses geschehen war, kniete ich auf meinen Schemel, betete mit der Ahne den Morgensegen:

In Gottes Namen aufstehen,
gegen Gott gehen,
gegen Gott treten,
zum himmlischen Vater beten,
daß er uns verleih
lieb Englein drei:
der erste, der uns weist,
der zweite, der uns speist,
der dritt, der uns behüt und bewahrt,
daß uns an Leib und Seel nichts widerfahrt.

Nach dieser Andacht erhielt ich meine Morgensuppe, und nach derselben kam die Ahne mit einem Kübel Rüben, die wir nun zusammen zu schälen hatten. Ich saß dabei auf meinem Schemel. Aber bei dem Schälen der Rüben konnte ich die Ahne nie vollkommen befriedigen; ich schnitt stets eine zu dicke Schale, ließ sie aber stellenweise doch wieder ganz auf der Rübe. Wenn ich mich gar in die Finger schnitt und sofort zu weinen begann, so sagte die Ahne immer sehr unwirsch: »Mit dir ist's wohl ein rechtes Kreuz, man soll dich frei hinauswerfen in den Schnee!« Dabei verband sie mir die Wunde mit unsäglicher Sorgfalt und Liebe.

So vergingen die Tage des Advents, und ich und die Ahne sprachen immer häufiger vom Weihnachtsfest und vom Christkind, das nun bald kommen werde zu den Menschen.

Je mehr wir dem Feste nahten, um so unruhiger wurde es im Haus. Die Knechte trieben das Vieh aus dem Stall und gaben frische Streu hinein und stellten die Barren und Krippen zurecht: der Halterbub striegelte die Ochsen, daß sie ein glattes Aussehen bekamen; der Futterbub mischte mehr Heu in das Stroh als gewöhnlich und bereitete davon einen ganzen Stoß in der Futterkammer. Die Kuhmagd tat das gleiche. Das Dreschen hatte schon einige Tage früher aufgehört, weil man durch den Lärm die nahen Feiertage zu entheiligen geglaubt hätte.

Im ganzen Haus wurde gewaschen und gescheuert, selbst in die Stube kamen die Mägde mit ihren Wasserkübeln und Strohwischen und Besen hinein. Ich freute mich immer sehr auf dieses Waschen, weil ich es gern hatte, wie alles drunter und drüber gekehrt wurde, und weil die Glasbilder im Tischwinkel, die braune Schwarzwälderuhr mit ihrer Metallschelle und andere Dinge, die ich sonst immer nur von der Höhe zu sehen bekam, herabgenommen und mir näher gebracht wurden, so daß ich alles viel genauer und von verschiedenen Seiten betrachten konnte. Freilich war mir nicht erlaubt, dergleichen Dinge anzurühren, weil ich noch zu ungeschickt und unbesonnen dafür wäre und die Gegenstände leicht beschädigen könne. Aber es gab doch Augenblicke, in welchen man im eifrigen Waschen und Scheuern nicht auf mich achtete.

In einem solchen Augenblick kletterte ich einmal über den Schemel auf die Bank und von der Bank auf den Tisch, der aus seiner gewöhnlichen Stellung gerückt war und auf dem die Schwarzwälderuhr lag. Ich machte mich an die Uhr, von der die Gewichte über den Tisch hingen, sah durch ein offenes Seitentürchen in das messingene, bestaubte Räderwerk hinein, tupfte einige Male an die kleinen Blätter des Windrädchens und legte die Finger endlich selbst an das Rädchen, ob es denn nicht gehe; aber es ging nicht. Zuletzt rückte ich auch ein wenig an einem Holzstäbchen, und als ich das tat, begann es im Werk fürchterlich zu rasseln. Einige Räder gingen langsam, andere schneller, und das Windrädchen flog, daß man es kaum sehen konnte. Ich war unbeschreiblich erschrocken, ich kollerte vom Tisch über Bank und Schemel auf den nassen, schmutzigen Boden hinab; da faßte mich schon die Mutter am Röcklein, und die »birkene Liesel« war da. Das Rasseln in der Uhr wollte gar nicht aufhören, und zuletzt nahm mich die Mutter mit beiden Händen und trug mich in das Vorhaus und schob mich durch die Tür hinaus in den Schnee und schlug die Tür hinter mir zu. Ich stand wie vernichtet da, ich hörte von innen noch das Greinen der Mutter, die ich sehr beleidigt haben mußte, und ich hörte das

Scheuern und Lachen der Mägde, und ich hörte noch immer das Rasseln der Uhr.

Als ich eine Weile dagestanden und geschluchzt hatte und als gar niemand kam, der mich wieder in das Haus gerufen hätte, ging ich fort nach dem Pfade, der in den Schnee getreten war, und ich ging über den Hausanger und über das Feld dem Walde zu. Ich wußte nicht, wohin ich wollte, ich bildete mir nur ein, daß mir ein großes Unrecht geschehen sei und daß ich nun nicht mehr in das Haus zurückkehren könne.

Aber ich war noch nicht zum Wald gekommen, als ich hinter mir ein grelles Pfeifen hörte. Das war das Pfeifen der Ahne, wie sie es macht, wenn sie zwei Finger in den Mund nahm, die Zunge spitzte und blies: »Wo willst du denn hin, du dummes Kind«, rief sie, »wart, wenn du so im Wald herumlaufen willst, so wird dich schon die Mooswaberl abfangen, wart nur!«

Auf dieses Wort kehrte ich augenblicklich um, denn die Mooswaberl fürchtete ich unsäglich.

Ich ging aber immer noch nicht in das Haus, ich blieb im Hof stehen, wo der Vater und zwei Knechte gerade ein Schwein aus dem Stall zogen, um es abzustechen. Über das ohrenzerreißende Schreien des Tieres und über das Blut, das ich nun sah und das eine Magd in einem Topf auffing, vergaß ich auf das Vorgefallene, und als der Vater im Vorhaus das Schwein abhäutete, stand ich schon wieder dabei und hielt die Hautzipfel, die er mit einem großen Messer von dem speckigen Fleisch immer mehr und mehr lostrennte. Als später die Eingeweide herausgenommen waren und die Mutter Wasser in das Becken goß, sagte sie zu mir: »Geh weg da, sonst wirst du ganz angespritzt!«

Aus diesen Worten entnahm ich, daß die Mutter mit mir wieder versöhnt sei, und nun war alles gut, und als ich wieder in die Stube kam, um mich ein wenig zu erwärmen, stand da alles an seinem gewöhnlichen Platz. Boden und Wände waren noch feucht, aber reingescheuert, und die Schwarzwälderuhr hing wieder an der Wand und tickte. Und sie tickte viel lauter und heller durch die neu hergestellte Stube als früher.

Endlich nahm das Waschen und Scheuern und Glätten ein Ende, im Haus wurde es ruhiger, fast still, und der Heilige Abend war da. Das Mittagmahl am Heiligen Abend wurde nicht in der Stube eingenommen, sondern in der Küche, wo man das Nudelbrett als Tisch und sich um dasselbe herumsetzte und das einfache Fastengericht still, aber mit gehobener Stimmung verzehrte.

Der Tisch in der Stube war mit einem schneeweißen Tuch bedeckt, und vor dem Tisch stand mein Schemel, auf welchen sich zum Abend, als die Dämmerung einbrach, die Ahne hinkniete und still betete.

Mägde gingen leise durch das Haus und bereiteten ihre Festtagskleider vor, und die Mutter tat in einen großen Topf Fleischstücke, goß Wasser dazu und stellte sie zum Herdfeuer. Ich schlich in der Stube auf den Zehenspitzen herum und hörte nichts als das lustige Prasseln des Feuers in der Küche. Ich blickte auf meine Sonntagshöschen und auf das Jöpperl und auf das schwarze Filzhütlein, das schon an einem Nagel an der Wand hing, und dann blickte ich durch das Fenster in die hereinbrechende Dunkelheit hinaus. Wenn kein ungestümes Wetter eintrat, so durfte ich in der Nacht mit dem Großknecht in die Kirche gehen. Und das Wetter war ruhig, und es würde auch, wie der Vater sagte, nicht allzu kalt werden, weil auf den Bergen Nebel lag.

Unmittelbar vor dem »Rauchengehen«, in welchem Haus und Hof nach alter Sitte mit Weihwasser und Weihrauch besegnet wird, hatten der Vater und die Mutter einen kleinen Streit. Die Mooswaberl war dagewesen, hatte glückselige Feiertage gewünscht, und die Mutter hatte ihr für den Festtag ein Stück Fleisch geschenkt. Darüber war der Vater etwas ungehalten; er war sonst ein Freund der Armen und gab ihnen nicht selten mehr, als unsere Verhältnisse erlauben wollten, aber der Mooswaberl sollte man seiner Meinung nach kein Almosen reichen. Die Mooswaberl war ein Weib, welches gar nicht in die Gegend gehörte, welches unbefugt in den Wäldern umherstrich, Moos und Wurzeln sammelte, in halbverfallenen Köhlerhütten Feuer machte und schlief. Daneben zog sie bettelnd zu den Bauernhöfen, wollte Moos verkaufen, und da sie keine Geschäfte machte, weinte sie und verfluchte das Leben.

Kinder, die sie ansah, fürchteten sich entsetzlich vor ihr, und viele wurden gar krank; Kühen tat sie an, daß sie rote Milch gaben,

Wer ihr eine Wohltat erwies, den verfolgte sie einige Minuten und sagte ihm: »Tausend und tausend Vergeltsgott bis in den Himmel hinauf.«

Wer sie aber verspottete oder sonst auf irgendeine Art beleidigte, zu dem sagte sie: »Ich bete dich hinab in die unterste Hölle!«

Die Mooswaberl kam oft zu unserem Haus und saß gern vor demselben auf dem grünen Rasen oder auf dem Querbrett des Zaunstiegels (Überstieg über den Zaun), trotz des heftigen Bellens und Rasselns unseres Kettenhundes, der sich gegen dieses Weib besonders unbändig zeigte. Aber die Mooswaberl saß so lange vor dem Haus, bis die Mutter ihr eine Schale Milch oder ein Stück Brot oder beides hinaustrug. Meine Mutter hatte es gern, wenn das Weib sie durch ein tausendfaches Vergeltsgott bis in den Himmel hinaufwünschte. Der Vater legte dem Wunsche dieser Person keinen Wert bei, ob es ein Segensspruch war oder ein Fluch.

Als man draußen im Dorf vor Jahren das Schulhaus gebaut hatte, war dieses Weib mit ihrem Mann in die Gegend gekommen und hatte dabei geholfen, bis einst der Mann bei einer Steinsprengung getötet wurde. Seit dieser Zeit arbeitete sie nicht mehr, und sie zog auch nicht fort, sondern trieb sich umher, ohne daß man wußte, was sie tat und was sie wollte. Zum Arbeiten war sie nicht mehr zu bringen; sie schien geisteskrank zu sein.

Der Richter hatte die Mooswaberl schon mehrmals aus der Gemeinde gewiesen, aber sie war immer wieder zurückgekommen. »Sie würde nicht immer zurückgekommen sein«, sagte mein Vater, »wenn sie in dieser Gegend nichts gebettelt bekäme. So wird sie hier verbleiben, und wenn sie alt und krank ist, müssen wir sie auch hegen und pflegen; das ist ein Kreuz, welches wir uns selbst an den Hals gebunden haben.«

Die Mutter sagte nichts zu solchen Worten, sondern sie gab der Mooswaberl, wenn sie kam, immer das gewohnte Almosen, und heute etwas mehr, zu Ehren des hohen Festes.

Darum also war der kleine Streit zwischen Vater und Mutter, der aber alsogleich verstummte, als zwei Knechte mit dem Rauch- und Weihwassergefäß in das Haus kamen.

Nach dem Rauchen stellte der Vater ein Kerzenlicht auf den Tisch, Späne durften heute nur in der Küche gebrannt werden. Das Nachtmahl wurde schon wieder in der Stube eingenommen. Der Großknecht erzählte während desselben wundersame Geschichten.

Nach dem Abendmahl sang die Mutter ein Hirtenlied. So wonnevoll ich sonst diesen Liedern lauschte, heute dachte ich immer nur an den Kirchgang, und ich wollte durchaus schon das Sonntagskleidchen anziehen. Man sagte, es sei noch später Zeit dazu, aber endlich gab die Ahne meinem Drängen doch nach und zog mich an. Der Stallknecht kleidete sich sehr sorgsam in seinen Festtagsstaat, weil er nach dem Mitternachtsgottesdienst nicht nach Hause gehen, sondern im Dorf den Morgen abwarten wollte. Gegen neun Uhr waren auch die anderen Knechte und Mägde bereit und zündeten am Kerzenlicht eine Spanlunte an. Ich hielt mich an den Großknecht, und meine Eltern und meine Großmutter, welche daheim blieben, um das Haus zu hüten, besprengten mich mit Weihwasser und sagten, daß ich nicht fallen und nicht erfrieren möge.

Dann gingen wir.

Es war sehr finster, und die Lunte, welche der Stallknecht vorantrug, warf ihr rotes Licht in einer großen Scheibe auf den Schnee und auf den Zaun und auf die Steinhaufen und Bäume, an denen wir vorüberkamen. Mir kam dieses rote Leuchten, das zudem noch durch die großen Schatten unserer Körper unterbrochen war, grauenhaft vor, und ich hielt mich sehr ängstlich an den Großknecht, so daß dieser einmal sagte: »Aber hörst, meine Joppe mußt du mir lassen, was tät ich denn, wenn du mir sie abrissest?«

Der Pfad war eine Zeitlang sehr schmal, so daß wir hintereinander gehen mußten, wobei ich nur froh war, daß ich nicht der letzte war, denn ich bildete mir ein, daß dieser unendlichen Gefahren wegen der Gespenster ausgesetzt sein müsse.

Eine schneidende Luft ging, und die glimmenden

Splitter der Lunte flogen weithin, und selbst als sie auf die harte Schneekruste fielen, glommen sie noch eine Weile fort.

Wir waren bisher über die Blößen und durch Gesträuch und Wälder abwärts gegangen, jetzt kamen wir zu einem Bach, den ich sehr gut kannte, er floß durch die Wiese, auf welcher wir im Sommer das Heu machten. Im Sommer rauschte dieser Bach sehr, aber heute hörte man ihn nur murmeln und gurgeln, weil er überfroren war. Auch an einer Mühle kamen wir vorüber, an welcher ich gar heftig erschrak, weil einige Funken auf das Dach flogen; aber auf dem Dach lag Schnee, und die Funken erloschen. Als wir eine Weile durch das Tal gegangen waren, verließen wir den Bach, und der Weg führte aufwärts durch einen finsteren Wald, in welchem der Schnee sehr seicht lag und keine so feste Kruste hatte wie auf den Blößen.

Endlich kamen wir zu einer breiten Straße, wo wir nebeneinander gehen konnten und wo wir dann und wann ein Schlittengeschelle hörten. Dem Stallknecht war die Lunte bereits bis zu der Hand herabgebrannt, und er zündete nun eine neue an, die er vorrätig hatte. Auf der Straße sah man nun auch mehrere andere Lichter, große rote Fackeln, die heranloderten, als schwämmen sie in der schwarzen Luft, und hinter denen nach und nach ein Gesicht und mehrere Gesichter auftauchten, von Kirchgehern, die sich nun auch zu uns gesellten. Und wir sahen Lichter von anderen Bergen und

Höhen, die noch so weit entfernt waren, daß wir nicht erkennen konnten, ob sie standen oder sich bewegten.

So gingen wir weiter. Der Schnee knirschte unter unseren Füßen, und wo ihn der Wind weggetragen hatte, da war der schwarze Fleck des nackten Bodens so hart, daß unsere Schuhe an ihm klangen. Die Leute sprachen und lachten viel, aber mir war, als sei das in der heiligen Christnacht gar nicht recht; ich dachte nur immer schon an die Kirche und wie das doch sein werde, wenn mitten in der Nacht Musik und ein Hochamt ist.

Als wir eine lange Weile auf der Straße fortgegangen und an einzelnen Bäumen und an Häusern vorüber und dann wieder über Felder und durch einen Wald gekommen waren, hörte ich auf den Baumwipfeln plötzlich ein leises Klingen. Als ich horchen wollte, hörte ich es nicht, aber bald darauf hörte ich es wieder und deutlicher als das erstemal. Es war der Ton des kleinen Glöckleins vom Turm der Kirche. Die Lichter, die wir nun auf den Bergen und im Tal sahen, wurden immer häufiger, und nun merkten wir es auch, daß sie alle der Kirche zueilten. Auch die kleinen, ruhigen Sterne der Laternen schwebten heran, und auf der Straße wurde es immer lebhafter. Das kleine Glöcklein wurde durch ein größeres abgelöst, und das läutete so lange, bis wir fast nahe zur Kirche kamen. – Also war es doch wahr, wie die Ahne gesagt hatte: Um Mitternacht fangen die Glocken zu läuten an und läuten so lange, bis aus den fernen Tälern der letzte Bewohner der Hütten zur Kirche kommt.

Die Kirche steht auf einem mit Birken und Tannen bewachsenen Hügel, und um sie liegt der kleine Friedhof, welcher mit einer niederen Mauer umgeben ist. Die wenigen Häuser stehen im Tal.

Als die Leute an die Kirche gekommen waren, steckten sie ihre Lunten umgekehrt in den Schnee, daß sie erloschen, nur eine wurde zwischen zwei Steine der Friedhofsmauer geklemmt und brennen gelassen.

Jetzt klang auf dem Turm in langsamem, gleichmäßigem Wiegen schon die große Glocke. Aus den schmalen, hohen Kirchenfenstern fiel heller Schein. Ich wollte in die Kirche, aber der Großknecht sagte, es habe noch Zeit, und blieb stehen und sprach und lachte mit anderen Burschen und stopfte sich eine Pfeife

Endlich klangen alle Glocken zusammen, in der Kirche begann die Orgel zu tönen, und nun gingen wir hinein.

Das sah ganz anders aus als an den Sonntagen. Die Lichter, die auf dem Altar brannten, waren hellweiße, funkelnde Sterne, und der vergoldete Tabernakel strahlte gar herrlich zurück. Die Ampel des Ewigen Lichtes war rot. Der obere Raum der Kirche war so dunkel, daß man die schönen Verzierungen des Schiffes nicht sehen konnte. Die dunklen Gestalten der Menschen saßen in den Stühlen oder standen neben denselben; die Weiber waren sehr in Tücher eingeschlagen und husteten. Viele hatten Kerzen vor sich brennen und sangen aus ihren Büchern mit, als auf dem Chor das Tedeum ertönte. Der Großknecht führte mich durch die zwei Reihen der Stühle gegen einen Nebenaltar, wo schon mehrere Leute standen. Dort hob er mich auf einen Schemel zu einem Glaskasten empor, der, von zwei Kerzen beleuchtet, zwischen zwei aufgesteckten Tannenwipfeln stand und den ich früher, wenn ich mit den Eltern in die Kirche kam, nie gesehen hatte. Als mich der Großknecht auf den Schemel gehoben hatte, sagte er mir leise ins Ohr: »So, jetzt kannst das Krippel anschauen.« Dann ließ er mich stehen, und ich schaute durch das Glas. Da kam ein Weiblein zu mir herbei und sagte leise: »Ja, Kind, wenn du das anschauen willst, so muß dir's auch jemand auslegen.« Und sie erklärte mir die kleinen Gestalten.

Ich sah die Dinge an. Außer der Mutter Maria, welche über den Kopf ein blaues Tuch geschlagen hatte, das bis zu den Füßen hinabging, waren alle Gestalten, welche Menschen vorstellen sollten, so gekleidet wie unsere Knechte oder wie ältere Bauern. Der heilige Joseph selbst trug grüne Strümpfe und eine kurze Gamslederhose.

Als das Tedeum zu Ende war, kam der Großknecht wieder, hob mich von dem Schemel, und wir setzten uns in einen Stuhl. Dann ging der Kirchenmann herum und zündete alle Kerzen an, die in der Kirche waren, und jeder Mensch, auch der Großknecht, zog nun ein Kerzlein aus dem Sack und zündete es an und klebte es vor sich auf das Pult. Jetzt war es so hell in der Kirche, daß man auch die vielen schönen Verzierungen an der Decke genau sehen konnte.

Auf dem Chor stimmte man Geigen und Trompeten und Pauken, und als an der Sakristeitür das Glöcklein klang und der Pfarrer in funkelndem Meßkleid, begleitet von Ministranten und rotbemäntelten Windlichtträgern, über den purpurroten Fußteppich zum Altar ging, da rauschte die Orgel in ihrem ganzen Vollklang, da wirbelten die Pauken und schmetterten die Trompeten.

Weihrauch stieg auf und hüllte den ganzen lichterstrahlenden Hochaltar in einen Schleier. – So begann das Hochamt, und so strahlte und tönte und klang es um Mitternacht. Beim Offertorium waren alle Instrumente still, nur zwei helle Stimmen sangen ein liebliches Hirtenlied, und während des Benediktus jodelten eine Klarinette und zwei Flügelhörner langsam und leise den Wiegengesang. Während des Evangeliums und der Wandlung hörte man auf dem Chor den Kukkuck und die Nachtigall wie mitten im sonnigen Frühling.

Tief nahm ich sie auf in meine Seele, die wunderbare Herrlichkeit der Christnacht, aber ich jauchzte nicht auf vor Entzücken, ich blieb ernst, ruhig, ich fühlte die Weihe.

Aber während die Musik tönte, dachte ich an Vater

und Mutter und Großmutter daheim. Die knien jetzt um den Tisch bei dem einzigen Kerzenlichtlein und beten, oder sie schlafen gar, und es ist finster in der Stube, und nur die Uhr geht, sonst ist es still, und es liegt eine tiefe Ruhe über den waldigen Bergen, und die Christnacht ist ausgebreitet über die ganze Welt.

Als endlich das Amt seinem Ende nahte, erloschen nach und nach die Kerzlein in den Stühlen, und der Kirchenmann ging wieder herum und dämpfte mit seinem Blechkäppchen an den Wänden und Bildern und Altären die Lichter aus. Die am Hochaltar brannten noch, als auf dem Chor der letzte freudenreiche Festmarsch erscholl und sich die Leute aus der weihrauchduftenden Kirche drängten.

Als wir in das Freie kamen, war es trotz des dichten Nebels, der sich von den Bergen niedergesenkt hatte, nicht mehr ganz so finster wie vor Mitternacht. Es mußte der Mond aufgegangen sein; man zündete keine Fackeln mehr an. Es schlug ein Uhr, aber der Schulmeister läutete schon die Betglocke zum Christmorgen.

Ich warf noch einen Blick auf die Kirchenfenster; aller Festglanz war erloschen, ich sah nur mehr den matten, rötlichen Schimmer des Ewigen Lichtes.

Als ich mich dann wieder an den Rock des Großknechtes halten wollte, war der Knecht nicht mehr da, einige fremde Leute waren um mich, die miteinander sprachen und sich sofort auf den Heimweg machten. Mein Begleiter mußte schon voraus sein; ich eilte ihm nach, lief schnell und an mehreren Leuten vorüber, auf daß ich ihn bald einhole. Ich lief, so sehr es meine kleinen Füße konnten, ich kam durch den finsteren Wald, und ich kam über Felder, über welche scharfer Wind blies, so daß ich, wie warm mir sonst war, von Nase und Ohren fast nichts mehr fühlte. Ich kam an Häusern und Baumgruppen vorüber, die Leute, die früher noch auf der Straße gegangen waren, verloren sich nach und nach, und ich war allein, und den Großknecht hatte ich noch immer nicht erreicht. Ich dachte, daß er auch hinter mir sein könne, doch ich beschloß, geradewegs nach Hause zu eilen. Auf der Straße lagen hie und da schwarze Punkte: die Kohlen der Spanfakkeln, welche die Leute auf dem Kirchweg abgeschüttelt hatten. Die Gesträuche und Bäumchen, die neben dem Weg standen und unheimlich aus dem Nebel emportauchten, beschloß ich gar nicht anzusehen, ich fürchtete mich davor. Besonders in Angst war ich, sooft ein Pfad quer über die Straße ging, weil das ein Kreuzweg war, an dem in der Christnacht gern der Böse steht und klingende Schätze bei sich hat, um arme Menschenkinder dadurch mit sich zu locken. Der Stallknecht hatte zwar gesagt, er glaube nicht daran, aber geben mußte es denn doch dergleichen Dinge, sonst könnten die Leute nicht so viel davon sprechen. – Ich war aufgeregt, ich wendete meine Augen nach allen Seiten, ob nicht irgendwo ein Gespenst auf mich zukomme. Endlich nahm ich mir vor, gar nicht mehr an solches Zeug zu denken, aber je fester ich das beschloß, desto mehr dachte ich daran.

Nun war ich zum Pfad gekommen, der mich von der Straße abwärts durch den Wald und in das Tal führen sollte. Ich bog ab und eilte unter den langästigen Bäumen dahin. Die Wipfel rauschten stark, und dann und wann fiel ein Schneeklumpen neben mir nieder. Stellenweise war es auch so finster, daß ich kaum die Stämme sah, wenn ich nicht an dieselben stieß, und daß ich den Pfad verlor. Letzteres war mir ziemlich gleichgültig, denn der Schnee war sehr seicht, auch war anfangs der Boden hübsch glatt; aber allmählich begann er steil und steiler zu werden, unter dem Schnee war viel Gestrüpp und hohes Heidekraut. Die Baumstämme standen nicht mehr so regelmäßig, sondern zerstreut, manche mit aufgerissenen Wurzeln an anderen lehnend, manche mit wild und wirr aufragenden Ästen am Boden liegend. Das hatte ich nicht gesehen, als wir aufwärts gingen. Ich konnte oft kaum weiter, ich mußte mich durch das Gesträuch und Geäst durchwinden. Oft brach der Schnee ein, das steife Heidekraut reichte mir bis zur Brust heran. Ich sah ein, daß ich den rechten Weg verloren hatte, aber war ich nur erst im Tal und beim Bach, dann ging ich diesen entlang aufwärts, und da mußte ich endlich doch zur Mühle und zu unserer Wiese kommen.

Schneeschollen fielen mir in das Rocksäcklein, Schnee legte sich an Höschen und Strümpfe, und das

Wasser rann mir in die Schuhe hinab. Zuerst war ich durch das Klettern über das Gefälle und das Kriechen im Gesträuch müde geworden, aber nun war auch die Müdigkeit verschwunden; ich achtete nicht den Schnee, und ich achtete nicht das Heidekraut und Gesträuch, das mir oft rauh über das Gesicht fuhr, sondern ich eilte weiter. Oft fiel ich zu Boden, aber ich raffte mich schnell auf. Auch alle Gespensterfurcht war weg; ich dachte an nichts als an das Tal und an unser Haus. Ich wußte nicht, wie lange ich mich so durch die Wildnis fortwand, aber ich fühlte mich kräftig und behendig, die Angst trieb mich vorwärts.

Plötzlich stand ich vor einem Abgrund. In dem Abgrund lag grauer Nebel, aus welchem einzelne Baumwipfel emportauchten. Um mich hatte sich der Wald gelichtet, über mir war es heiter, und am Himmel stand der Halbmond. Mir gegenüber und weiter im Hintergrund waren nichts als seltsame kegelförmige Berge.

Unten in der Tiefe mußte das Tal mit der Mühle sein; mir war, als hörte ich das Tosen des Baches, aber es war das Rauschen des Windes in den jenseitigen Wäldern. Ich ging rechts und links und suchte einen Fußsteig, der mich abwärts führte, und ich fand eine Stelle, an welcher ich mich durch Geröll, welches vom Schnee befreit dalag, und durch Wacholdergesträuche hinablassen zu können vermeinte. Das gelang mir auch eine Strecke, doch noch zur rechten Zeit hielt ich mich an eine Wurzel, fast wäre ich über eine senkrechte Wand gestürzt. Nun konnte ich nicht mehr vorwärts. Ich ließ mich aus Mattigkeit zu Boden. In der Tiefe lag der Nebel mit den schwarzen Baumwipfeln. Außer dem Rauschen des Windes in den Wäldern hörte ich nichts. Ich wußte nicht, wo ich war. – Wenn jetzt ein Reh käme, ich würde es fragen nach dem Weg, vielleicht könnte es ihn mir weisen, in der Christnacht reden ja Tiere menschliche Sprache!

Ich erhob mich, um wieder aufwärts zu klettern; ich machte das Geröll locker und kam nicht vorwärts. Mich schmerzten Hände und Füße. Nun stand ich still und rief, so laut ich konnte, nach dem Großknecht. Meine Stimme fiel von den Wäldern und Wänden langgezogen und undeutlich zurück.

Dann hörte ich wieder nichts als das Rauschen des Windes.

Der Frost schnitt mir in die Glieder.

Nochmals rief ich mit aller Macht den Namen des Großknechtes. Wieder nichts als der langgezogene Widerhall. Nun überkam mich eine fürchterliche Angst. Ich rief schnell hintereinander meine Eltern, meine Ahne, alle Knechte und Mägde unseres Hauses. Es war vergebens.

Nun begann ich kläglich zu weinen.

Bebend stand ich da, und mein Körper warf einen langen Schatten schräg abwärts über das nackte Gestein. Ich ging an der Wand hin und her, um mich etwas zu erwärmen, ich betete laut zum heiligen Christkind, daß es mich erlöse.

Der Mond stand hoch am dunklen Himmel.

Ich konnte nicht mehr weinen und beten, ich konnte mich auch kaum mehr bewegen, ich kauerte mich zitternd an einen Stein und dachte: Nun will ich schlafen, das ist alles nur ein Traum, und wenn ich erwache, bin ich daheim oder im Himmel.

Da hörte ich plötzlich ein Knistern über mir im Wacholdergesträuch, und bald darauf fühlte ich, wie mich etwas berührte und emporhob. Ich wollte schreien, aber ich konnte nicht, die Stimme war wie eingefroren. Aus Furcht und Angst hielt ich die Augen fest geschlossen. Auch Hände und Füße waren mir wie gelähmt, ich konnte sie nicht bewegen. Mir war warm, und mir kam vor, als ob sich das ganze Gebirge mit mir wiegte. –

Als ich zu mir kam und erwachte, war noch Nacht, aber ich stand an der Tür meines Vaterhauses, und der Kettenhund bellte heftig. Eine Gestalt hatte mich auf den festgetretenen Schnee gleiten lassen, pochte dann mit dem Ellbogen gewaltig an die Tür und eilte davon. Ich hatte diese Gestalt erkannt – es war die Mooswaberl gewesen.

Die Tür ging auf, und die Ahne stürzte mit den Worten auf mich zu: »Jesus Christus, da ist er ja!«

Sie trug mich in die warme Stube, aber von dieser schnell wieder zurück in das Vorhaus; dort setzte sie mich auf einen Trog, eilte dann hinaus vor die Tür und machte durchdringliche Pfiffe.

Sie war ganz allein zu Hause. Als der Großknecht von der Kirche zurückgekommen war und mich daheim nicht gefunden hatte, und als auch die anderen Leute kamen und ich bei keinem war, gingen sie alle hinab in den Wald und in das Tal und jenseits hinauf zur Straße und nach allen Richtungen. Selbst die Mutter war mitgegangen und hatte überall, wo sie ging und stand, meinen Namen gerufen.

Nachdem die Ahne glaubte, daß es mir nicht mehr schädlich sein konnte, trug sie mich wieder in die warme Stube, und als sie mir die Schuhe und Strümpfe auszog, waren diese ganz zusammen- und fast an die Füße gefroren. Hierauf eilte sie nochmals ins Freie und machte wieder ein paar Pfiffe und brachte dann in einem Kübel Schnee herein und stellte mich mit bloßen Füßen in diesen Schnee. Als ich in dem Schnee stand, fühlte ich in den Zehen einen so heftigen Schmerz, daß ich stöhnte, aber die Ahne sagte: »Das ist schon gut, wenn du Schmerz hast, dann sind dir die Füße nicht erfroren.«

Bald darauf strahlte die Morgenröte durch das Fenster, und nun kamen nach und nach die Leute nach Hause, zuletzt aber der Vater, und zuallerletzt, als schon die rote Sonnenscheibe über der Wechselalpe aufging und als die Ahne unzählige Male gepfiffen hatte, kam die Mutter. Sie ging an mein Bettlein, in welches ich gebracht worden war und an welchem der Vater saß. Sie war ganz heiser.

Sie sagte, daß ich nun schlafen sollte, und verdeckte das Fenster mit einem Tuch, auf daß mir die Sonne nicht in das Gesicht scheine. Aber der Vater meinte, ich solle noch nicht schlafen, er wolle wissen, wie ich mich von dem Knecht entfernt habe, ohne daß er es merkte, und wo ich herumgelaufen sei? Ich erzählte sofort, wie ich den Pfad verloren hatte, wie ich in die Wildnis kam, und als ich von dem Mond und von den schwarzen Wäldern und von dem Windrauschen und von dem Felsenabgrund erzählte, da sagte der Vater halblaut zu meiner Mutter: »Weib, sagen wir Gott Lob und Dank, daß er da ist, er ist auf der Trollwand gewesen!«

Nach diesen Worten gab mir die Mutter einen Kuß auf die Wangen, wie sie nur selten tat, und dann hielt sie ihre Schürze vor das Gesicht und ging davon.

»Ja, du Donnersbub, und wie bist denn heimkommen?« fragte mich der Vater. Darauf sagte ich, daß ich das nicht wisse, daß ich nach langem Schlafen und Wiegen auf einmal vor der Haustür gewesen und daß die Mooswaberl neben mir gestanden. Der Vater fragte mich noch einmal über diesen Umstand, aber ich antwortete, daß ich nichts Genaueres darüber sagen könne.

Nun sagte der Vater, daß er in die Kirche zum Hochgottesdienst gehe, weil heute der Christtag sei, und daß ich schlafen solle.

Ich muß darauf viele Stunden geschlafen haben, denn als ich erwachte, war draußen Dämmerung, und in der Stube war es fast finster. Neben meinem Bett saß die Ahne und nickte, von der Küche herein hörte ich das Prasseln des Herdfeuers.

Später, als die Leute beim Abendmahl saßen, war auch die Mooswaberl am Tisch.

Auf dem Kirchhof, über dem Grabhügel ihres Mannes, war sie während des Vormittagsgottesdienstes gekauert, da trat nach dem Hochamt mein Vater zu ihr hin und nahm sie mit in unser Haus.

Über die nächtliche Begebenheit brachte man nicht mehr von ihr heraus, als daß sie im Wald das Christkind gesucht habe; dann ging sie einmal zu meinem Bett und sah mich an, und ich fürchtete mich vor ihren Blicken.

In dem hinteren Geschoß unseres Hauses war eine Kammer, in welcher nur altes, unbrauchbares Gerät und viel Spinngewebe war.

Diese Kammer gab mein Vater der Mooswaberl zur Wohnung und stellte ihr einen Ofen und ein Bett und einen Tisch hinein.

Und sie blieb bei uns. Oft strich sie noch in den Wäldern umher und brachte Moos heim, dann ging sie wieder hinaus zur Kirche und saß stundenlang auf dem Grabhügel ihres Mannes, von dem sie nicht mehr fortzuziehen vermochte in ihre ferne Gegend, in der sie wohl auch einsam und heimatlos gewesen wäre wie überall. Über ihre Verhältnisse war nichts Näheres zu erfahren, wir vermuteten, daß das Weib einst glücklich und sicher bei voller Vernunft gewesen war und daß der Schmerz über den Verlust des Gatten ihr den Verstand geraubt hatte.

Wir hatten sie alle lieb, weil sie ruhig und mit allem zufrieden lebte und niemandem das geringste Leid zufügte. Nur der Kettenhund wollte sie immer noch nicht sichern, der bellte und zerrte überaus heftig an der Kette, sooft sie über den Anger ging. Aber das war von dem Tiere anders gemeint; als einmal die Kette riß, stürzte der Hund auf das Weib zu, sprang ihm winselnd an die Brust und leckte ihm die Wangen.

Da kam einmal in den Spätherbsttagen, an welchen die Mooswaberl fast ununterbrochen auf dem Grabhügel saß, eine Zeit, in welcher unser Kettenhund, statt lustig zu bellen, stundenlang heulte, so daß meine Ahne, die indes schon mühselig geworden war, sagte: »Schau, jetzt wird in unserer Gegend herum bald einmal wer sterben, weil der Hund gar so heent (jammert, jault); tröste ihn Gott!«

Und nach kurzer Zeit wurde die Mooswaberl krank, und als die Winterszeit gekommen war, starb sie.

In ihren letzten Augenblicken hielt sie noch meinen Vater und meine Mutter an der Hand und sprach die Worte: »Vergelt's euch Gott zu tausend- und zu tausendmal, bis in den Himmel hinauf!«

Als ich Christtagsfreuden holen ging

In meinem zwölften Lebensjahre wird es gewesen sein, als am Frühmorgen des heiligen Christabends mein Vater mich an der Schulter rüttelte: ich solle aufwachen und zur Besinnung kommen, er habe mir etwas zu sagen. Die Augen waren bald offen, aber die Besinnung! Als ich unter der Mithilfe der Mutter angezogen war und bei der Frühsuppe saß, verlor sich die Schlaftrunkenheit allmählich, und nun sprach mein Vater: »Peter, jetzt hör, was ich dir sage. Da nimm einen leeren Sack, denn du wirst was heimtragen. Da nimm meinen Stecken, denn es ist viel Schnee, und da nimm eine Laterne, denn der Pfad ist schlecht, und die Stege sind vereist. Du mußt hinabgehen nach Langenwang. Den Holzhändler Spreitzegger zu Langenwang, den kennst du, der ist mir noch immer das Geld schuldig, zwei Gulden und sechsunddreißig Kreuzer für den Lärchenbaum. Ich laß ihn bitten drum; schön höflich anklopfen und den Hut abnehmen, wenn du in sein Zimmer trittst. Mit dem Geld gehst nachher zum Kaufmann Doppelreiter und kaufst zwei Maßel Semmelmehl und zwei Pfund Rindsschmalz und um zwei Groschen Salz, und das tragst heim.«

Jetzt war aber auch meine Mutter zugegen, ebenfalls schon angekleidet, während meine sechs jüngeren Geschwister noch ringsum an der Wand in ihren Bettchen schliefen. Die Mutter, die redete drein wie folgt: »Mit Mehl und Schmalz und Salz allein kann ich kein Christtagsessen richten. Ich brauch dazu noch Germ (Hefe) um einen Groschen, Weinbeerln um fünf Kreuzer, Zucker um fünf Groschen, Safran um zwei Groschen und Neugewürz um zwei Kreuzer. Etliche Semmeln werden auch müssen sein.«

»So kaufst es«, setzte der Vater ruhig bei. »Und wenn dir das Geld zuwenig wird, so bittest den Herrn Doppelreiter, er möcht die Sachen derweil borgen, und zu Ostern, wenn die Kohlenraitung (Verrechnung für Holzkohle) ist, wollt ich schon fleißig zahlen. Eine Semmel kannst unterwegs selber essen, weil du vor Abend nicht heimkommst. Und jetzt kannst gehen, es wird schon fünf Uhr, und daß du noch die Achter-Meß erlangst zu Langenwang.«

Das war alles gut und recht. Den Sack band mir mein Vater um die Mitte, den Stecken nahm ich in die rechte Hand, die Laterne mit der frischen Unschlittkerze in die linke, und so ging ich davon, wie ich zu jener Zeit in Wintertagen oft davongegangen war. Der durch wenige Fußgeher ausgetretene Pfad war holprig im tiefen Schnee, und es ist nicht immer leicht, nach den Fußstapfen unserer Vorderen zu wandeln, wenn diese zu lange Beine gehabt haben. Noch nicht dreihundert Schritt war ich gegangen, so lag ich im Schnee, und die Laterne, hingeschleudert, war ausgelöscht. Ich suchte mich langsam zusammen, und dann schaute ich die wunderschöne Nacht an. Anfangs war sie ganz grausam finster, allmählich hub der Schnee an, weiß zu werden und die Bäume schwarz, und in der Höhe war helles Sternengefunkel. In den Schnee fallen kann man auch ohne Laterne, so stellte ich sie seithin unter einen Strauch, und ohne Licht ging's nun besser.

In die Talschlucht kam ich hinab, das Wasser des Fresenbaches war eingedeckt mit glattem Eis, auf welchem, als ich über den Steg ging, die Sterne des Himmels gleichsam Schlittschuh liefen. Später war ein Berg zu übersteigen; auf dem Paß, genannt der »Höllkogel«, stieß ich zur wegsamen Bezirksstraße, die durch Wald und Wald hinabführt in das Mürztal. In diesem lag ein weites Meer von Nebel, in welches ich sachte hineinkam, und die feuchte Luft fing an, einen Geruch zu haben, sie roch nach Steinkohlen; und die Luft fing an, fernen Lärm an mein Ohr zu tragen, denn im Tal hämmerten die Eisenwerke, rollte manchmal ein Eisenbahnzug über dröhnende Brücken.

Nach langer Wanderung ins Tal gekommen zur Landstraße, klingelte Schlittengeschelle, der Nebel ward grau und lichter, so daß ich die Fuhrwerke und Wandersleute, die für die Feiertage nach ihren Heimstätten reisten, schon auf kleine Strecken weit sehen konnte. Nachdem ich eine Stunde lang im Tal fortgegangen war, tauchte links an der Straße im Nebel ein dunkler Fleck auf, rechts auch einer, links mehrere, rechts eine ganze Reihe – das Dorf Langenwang.

Alles, was Zeit hatte, ging der Kirche zu, denn der Heilige Abend ist voller Vorahnung und Gottesweihe. Bevor noch die Messe anfing, schritt der hagere, gebückte Schulmeister durch die Kirche, musterte die Andächtigen, als ob er jemanden suche. Endlich trat er an mich heran und fragte leise, ob ich ihm nicht die Orgel »melken« wolle, es sei der Mesnerbub krank. Voll Stolz und Freude, also zum Dienste des Herrn gewürdigt zu sein, ging ich mit ihm auf den Chor, um bei der heiligen Messe den Blasebalg der Orgel zu ziehen. Während ich die zwei langen Lederriemen abwechselnd aus dem Kasten zog, in welchen jeder derselben allemal wieder langsam hineinkroch, orgelte der Schulmeister, und seine Tochter sang:

»Tauet, Himmel, den Gerechten,
Wolken, regnet ihn herab!
Also rief in bangen Nächten
einst die Welt, ein weites Grab.
In von Gott verhaßten Gründen
herrschten Satan, Tod und Sünden,
fest verschlossen war das Tor
zu dem Himmelreich empor.«

Ferner erinnere ich mich, an jenem Morgen nach dem Gottesdienst in der dämmerigen Kirche vor ein Heiligenbild hingekniet zu sein und gebetet zu haben um Glück und Segen zur Erfüllung meiner bevorstehenden Aufgabe. Das Bild stellte die Vierzehn Nothelfer dar – einer wird doch dabeisein, der zur Eintreibung von Schulden behilflich ist. Es schien aber, als schiebe während meines Gebetes auf dem Bilde einer sich sachte hinter den andern zurück.

Trotzdem ging ich guten Mutes hinaus in den nebeligen Tag, wo alles emsig war in der Vorbereitung zum Fest, und ging dem Hause des Holzhändlers Spreitzegger zu. Als ich daran war, zur vorderen Tür hineinzugehen, wollte der alte Spreitzegger, soviel ich mir später reimte, durch die hintere Tür entwischen. Es wäre ihm gelungen, wenn mir nicht im Augenblick geschwant hätte: Peter, geh nicht zur vorderen Tür ins Haus wie ein Herr, sei demütig, geh zur hinteren Tür hinein, wie es dem Waldbauernbub geziemt. Und knapp an der hinteren Tür trafen wir uns.

»Ah, Bübel, du willst dich wärmen gehen«, sagte er mit geschmeidiger Stimme und deutete ins Haus, »na geh dich nur wärmen. Ist kalt heut!« Und wollte davon.

»Mir ist nicht kalt«, antwortete ich, »aber mein Vater läßt den Spreitzegger schön grüßen und bitten ums Geld.«

»Ums Geld? Wieso?« fragte er. »Ja richtig, du bist

der Waldbauernbub. Bist früh aufgestanden heut, wenn du schon den weiten Weg kommst. Rast nur ab. Und ich laß deinen Vater auch schön grüßen und glückliche Feiertage wünschen; ich komm ohnehin ehzeit einmal zu euch hinauf, nachher wollen wir schon gleich werden.«

Fast verschlug es mir die Rede, stand doch unser ganzes Weihnachtsmahl in Gefahr vor solchem Bescheid.

»Bitt wohl von Herzen schön ums Geld, muß Mehl kaufen und Schmalz und Salz, und ich darf nicht heimkommen mit leerem Sack.«

Er schaute mich starr an. »Du *kannst* es!« brummte er, zerrte mit zäher Gebärde seine große, rote Brieftasche hervor, zupfte in den Papieren, die wahrscheinlich nicht pure Banknoten waren, zog einen Gulden heraus und sagte: »Na, so nimm derweil das, in vierzehn Tagen wird dein Vater den Rest schon kriegen. Heut hab ich nicht mehr.«

Den Gulden schob er mir in die Hand, ging davon und ließ mich stehen.

Ich blieb aber nicht stehen, sondern ging zum Kaufmann Doppelreiter. Dort begehrte ich ruhig und gemessen, als ob nichts wäre, zwei Maßel Semmelmehl, zwei Pfund Rindsschmalz, um zwei Groschen Salz, um einen Groschen Germ, um fünf Kreuzer Weinbeerln, um fünf Groschen Zucker, um zwei Groschen Safran und um zwei Kreuzer Neugewürz. Der Herr Doppelreiter bediente mich selbst und machte mir alles hübsch zurecht in Päckchen und Tütchen, die er dann mit Spagat zusammen in ein einziges Paket band und so an den Mehlsack hängte, daß ich das Ding über der Achsel tragen konnte, vorn ein Bündel und hinten ein Bündel. Als das geschehen war, fragte ich mit einer nicht minder tückischen Ruhe als vorhin, was das alles zusammen ausmache.

»Das macht drei Gulden fünfzehn Kreuzer«, antwortete er mit Kreide und Mund.

»Ja, ist schon recht«, hierauf ich, »da ist derweil ein Gulden, und das andere wird mein Vater, der Waldbauer in Alpl, zu Ostern zahlen.«

Schaute mich der bedauernswerte Mann an und fragte höchst ungleich: »Zu Ostern? In welchem Jahr?«

»Na, nächste Ostern, wenn die Kohlenraitung ist.«

Nun mischte sich die Frau Doppelreiterin, die andere Kunden bediente, drein und sagte: »Laß ihm's nur, Mann, der Waldbauer hat schon öfters auf Borg genommen und nachher allemal ordentlich bezahlt.«

»Ich laß ihm's ja, werd ihm's nicht wieder wegnehmen«, antwortete der Doppelreiter. Das war doch ein bequemer Kaufmann! Jetzt fielen mir auch die Semmeln ein, welche meine Mutter noch bestellt hatte.

»Kann man da nicht auch fünf Semmeln haben?« fragte ich.

»Semmeln kriegt man beim Bäcker«, sagte der Kaufmann.

Das wußte ich nun gleichwohl, nur hatte ich mein Lebtag nichts davon gehört, daß man ein paar Semmeln auf Borg nimmt, daher vertraute ich der Kaufmännin, die sofort als Gönnerin zu betrachten war, meine vollständige Zahlungsunfähigkeit an. Sie gab mir zwei bare Groschen für Semmeln, und als sie nun noch beobachtete, wie meine Augen mit den reiffeuchten Wimpern fast unlösbar an den gedörrten Zwetschken hingen, die sie einer alten Frau in den Korb tat, reichte sie mir auch noch eine Handvoll dieser köstlichen Sache zu: »Unterwegs zum Naschen.«

Nicht lange hernach, und ich trabte, mit meinen Gütern reich und schwer bepackt, durch die breite Dorfgasse dahin. Überall in den Häusern wurde gemetzgert, gebacken, gebraten, gekellert; ich beneidete die Leute nicht; ich bedauerte sie vielmehr, daß sie nicht ich waren, der, mit so großem Segen beladen, gen Alpl zog. Das wird morgen ein Christtag werden! Denn die Mutter kann's, wenn sie die Sachen hat. Ein Schwein ist ja auch geschlachtet worden daheim, das gibt Fleischbrühe mit Semmelbrocken, Speckfleck, Würste, Nieren-Lümperln, Knödelfleisch mit Kren, dann erst die Krapfen, die Zuckernudeln, das Schmalzkoch mit Weinbeerln und Safran! – Die Herrenleut da in Langenwang haben so was alle Tag, das ist nichts, aber wir haben es im Jahr einmal und kommen mit unverdorbenen Magen dazu, *das* ist was! – Und doch dachte ich auf diesem belasteten Freudenmarsch weniger noch ans Essen als an das liebe Christkind und sein hochheiliges Fest. Am Abend, wenn ich nach Hause komme, werde ich aus der Bibel davon vorlesen, die Mutter und die Magd Mirzel werden Weihnachtslieder singen; dann, wenn es zehn Uhr wird, werden wir uns aufmachen nach Sankt Kathrein und in der Kirche die feierliche Christmette begehen bei Glock', Musik und unzähligen Lichtern. Und am Seitenaltar ist das Krippel aufgerichtet mit Ochs und Esel und den Hirten, und auf dem Berg die Stadt Bethlehem und darüber die Engel, singend: Ehre sei Gott in der Höhe! – Diese Gedanken trugen mich anfangs wie Flügel. Doch als ich eine Weile die schlittenglatte Landstraße dahingegangen war, unter den Füßen knirschenden Schnee, mußte ich mein Doppelbündel schon einmal wechseln.

In der Nähe des Wirtshauses »Zum Sprengzaun« kam mir etwas Vierspänniges entgegen. Ein leichtes Schlittlein, mit vier feurigen, hochaufgefederten Rappen bespannt, auf dem Bock ein Kutscher mit glänzenden Knöpfen und einem Buttenhut. Der Kaiser? Nein, der Herr Wachtler vom Schlosse Hohenwang saß im Schlitten, über und über in Pelze gehüllt und eine Zigarre schmauchend. Ich blieb stehen, schaute dem blitzschnell vorüberrutschenden Zeug eine Weile nach und dachte: Etwas krumm ist es doch eingerichtet auf dieser Welt: da sitzt ein starker Mann drin und läßt sich hinziehen mit so viel überschüssiger Kraft, und ich vermag mein Bündel kaum zu schleppen.

Mittlerweile war es Mittagszeit geworden. Durch den Nebel war die milchweiße Scheibe der Sonne zu sehen; sie war nicht hoch am Himmel hinaufgestiegen, denn um vier Ur wollte sie ja wieder unten sein, zur langen Christnacht. Ich fühlte in den Beinen manchmal so ein heißes Prickeln, das bis in die Brust hinaufstieg, es zitterten mir die Glieder. Nicht weit von der Stelle, wo der Weg nach Alpl abzweigt, stand ein Kreuz mit dem lebensgroßen Bilde des Heilands. Es stand, wie es heute noch steht, an seinem Fuß Johannes und Magdalena, das Ganze mit einem Bretterverschlag verwahrt, so daß es wie eine Kapelle war. Vor dem Kreuz auf die Bank, die für kniende Beter bestimmt ist, setzte ich mich nieder, um Mittag zu halten. Eine Semmel, die gehörte mir, meine Neigung zu ihr war so groß, daß ich sie am liebsten in wenigen Bissen verschluckt hätte. Allein das schnelle Schlucken ist nicht gesund, das wußte ich von anderen Leuten, und das langsame Essen macht einen längeren Genuß, das wußte ich schon von mir selber. Also beschloß ich, die Semmel recht gemächlich und bedächtig zu genießen und dazwischen manchmal eine gedörrte Zwetschke zu naschen.

Es war eine sehr köstliche Mahlzeit; wenn ich heute etwas recht Gutes haben will, das kostet außerordentliche Anstrengungen aller Art; ach, wenn man nie und nie einen Mangel zu leiden hat, wie wird man da arm.

Und wie war ich so reich damals, als ich arm war!

Als ich nach der Mahlzeit mein Doppelbündel wieder auflud, war's ein Spaß mit ihm, flink ging es voran. Als ich später in die Bergwälder hinaufkam und der graue Nebel dicht in den schneebeschwerten Bäumen hing, dachte ich an den Grabler-Hansel. Das war ein Kohlenführer, der täglich von Alpl seine Fuhre ins Mürztal lieferte. Wenn er auch heute gefahren wäre! Und wenn er jetzt heimwärts mit dem leeren Schlitten des Weges käme und mir das Bündel auflüde! Und am Ende gar mich selber! Daß es so heiß sein kann im Winter! Mitten in Schnee und Eisschollen schwitzen! Doch morgen wird alle Mühsal vergessen sein. – Derlei Gedanken und Vorstellungen verkürzten mir unterwegs die Zeit.

Auf einmal roch ich starken Tabakrauch. Knapp hinter mir ging, ganz leise auftretend, der grüne Kilian. Der Kilian war früher einige Zeit lang Forstgehilfe in den gewerkschaftlichen Wäldern gewesen, jetzt war er's nicht mehr, wohnte mit seiner Familie in einer Hütte drüben in der Fischbacher Gegend, man wußte nicht recht, was er trieb. Nun ging er nach Hause. Er hatte einen Korb auf dem Rücken, an dem er nicht schwer zu tragen schien, sein Gewand war noch ein jägermäßiges, aber hübsch abgetragen, und sein schwarzer Vollbart ließ nicht viel sehen von seinem etwas fahlen Gesicht. Als ich ihn bemerkt hatte, nahm er die Pfeife aus dem Mund, lachte laut und sagte: »Wo schiebst denn hin, Bub?«

»Heimzu«, meine Antwort.

»Was schleppst denn?«

»Sachen für den Christtag.«

»Gute Sachen? Der Tausend sapperment! Wem gehörst denn zu?«

»Dem Waldbauer.«

»Zum Waldbauer willst gar hinauf? Da mußt gut antauchen.«

»Tu's schon«, sagte ich und tauchte an.

»Nach einem solchen Marsch wirst gut schlafen bei der Nacht«, versetzte der Kilian, mit mir gleichen Schritt haltend.

»Heut wird nicht geschlafen bei der Nacht, heut ist Christnacht.«

»Was willst denn sonst tun, als schlafen bei der Nacht?«

»Nach Kathrein in die Metten gehen.«

»Nach Kathrein?« fragte er, »den weiten Weg?«

»Um zehn Uhr abends gehen wir vom Haus fort, und um drei Uhr früh sind wir wieder daheim.«

Der Kilian biß in sein Pfeifenrohr und sagte: »Na, hörst du, da gehört viel Christentum dazu. Beim Tag ins Mürztal und bei der Nacht in die Metten nach Kathrein! So viel Christentum hab ich nicht, aber das sage ich dir doch: Wenn du dein Bündel in meinen Buckelkorb tun willst, daß ich es dir eine Zeitlang trage und du dich ausrasten kannst, so hast ganz recht, warum soll der alte Esel nicht auch einmal tragen!«

Damit war ich einverstanden, und während mein Bündel in seinen Korb sank, dachte ich: Der grüne Kilian ist halt doch ein besserer Mensch, als man sagt.

Dann rückten wir wieder an, ich huschte frei und leicht neben ihm her.

»Ja, ja, die Weihnachten!« sagte der Kilian fauchend, »da geht's halt drunter und drüber. Da reden sich die Leut in eine Aufregung und Frömmigkeit hinein, die gar nicht wahr ist. Im Grund ist der Christtag wie jeder andere Tag, nicht einen Knopf anders. Der Reiche, ja, der hat jeden Tag Christtag, unsereiner hat jeden Tag Karfreitag.«

»Der Karfreitag ist auch schön«, war meine Meinung.

»Ja, wer genug Fisch und Butter und Eier und Kuchen und Krapfen hat zum Fasten!« lachte der Kilian.

Mir kam sein Reden etwas heidentümlich vor. Doch was er noch weiters sagte, das verstand ich nicht mehr, denn er hatte angefangen, sehr heftig zu gehen, und ich konnte nicht recht nachkommen. Ich rutschte auf dem glitschigen Schnee mit jedem Schritt ein Stück zurück, der Kilian hatte Fußeisen angeschnallt, hatte lange Beine, war nicht abgemattet – da ging's freilich voran.

»Herr Kilian!« rief ich.

Er hörte es nicht. Der Abstand zwischen uns wurde immer größer, bei Wegbiegungen entschwand er mir manchmal ganz aus den Augen, um nachher wieder in größerer Entfernung, halb schon von Nebeldämmerung verhüllt, aufzutauchen. Jetzt wurde mir bang um mein Bündel. Kamen wir ja doch schon dem Höllkogel nahe. Das ist jene Stelle, wo der Weg nach Alpl und der Weg nach Fischbach sich gabeln. Ich hub an zu laufen; im Angesichte der Gefahr war alle Müdigkeit dahin, ich lief wie ein Hündlein und kam ihm näher. Was wollte ich aber anfangen, wenn ich ihn eingeholt hätte, wenn ihm der Wille fehlte, die Sachen herzugeben, und mir die Kraft, sie zu nehmen? Das kann ein schönes Ende werden mit diesem Tag, denn die Sachen lasse ich nicht im Stich, und sollte ich ihm nachlaufen müssen bis hinter den Fischbacher Wald zu seiner Hütte!

Als wir denn beide so merkwürdig schnell vorwärtskamen, holten wir ein Schlittengespann ein, das vor uns mit zwei grauen Ochsen und einem schwarzen Kohlenführer langsam des Weges schliff. Der Grabler-Hansel! Mein grüner Kilian wollte schon an dem Gespann vorüberhuschen, da schrie ich von hinten her aus Leibeskräften: »Hansel! Hansel! Sei so gut, leg mir meine Christtagsachen auf den Schlitten, der Kilian hat sie im Korb, und er soll sie dir geben!«

Mein Geschrei muß wohl sehr angstvoll gewesen sein, denn der Hansel sprang sofort von seinem Schlitten und nahm eine tatbereite Haltung ein. Und wie der Kilian merkte, ich hätte hier einen Bundesgenossen, riß er sich den Korb vom Rücken und schleuderte das Bündel auf den Schlitten. Er knirschte noch etwas von »dummen Bären« und »Undankbarkeit«, dann war er auch schon davon.

Der Hansel rückte das Bündel zurecht und fragte, ob man sich draufsetzen dürfe. Das, bat ich, nicht zu tun.

So tat er's auch nicht, wir setzten uns hübsch nebeneinander auf den Schlitten, und ich hielt auf dem Schoß sorgfältig mit beiden Händen die Sachen für den Christtag. So kamen wir endlich nach Alpl. Als wir zur ersten Fresenbrücke gekommen waren, sagte der Hansel zu den Ochsen: »Oha!« und zu mir: »So!« Die Ochsen verstanden und blieben stehen, ich verstand nicht und blieb sitzen.

Aber nicht mehr lange, es war ja zum Aussteigen, denn der Hansel mußte links in den Graben hinein und ich rechts den Berg hinauf.

»Dank dir's Gott, Hansel!«

»Ist schon gut, Peterl.«

Zur Zeit, da ich mit meiner Last den steilen Berg hinanstieg gegen mein Vaterhaus, begann es zu dämmern und zu schneien. Und zuletzt war ich doch daheim.

»Hast alles?« fragte die Mutter am Kochherd mir entgegen.

»Alles!«

»Brav bist. Und hungrig wirst sein.«

Beides ließ ich gelten. Sogleich zog die Mutter mir

die klingendhart gefrorenen Schuhe von den Füßen, denn ich wollte, daß sie frisch eingefettet würden für den nächtlichen Mettengang. Dann setzte ich mich in der warmen Stube zum Essen.

Aber siehe, während des Essens geht es zu Ende mit meiner Erinnerung. – Als ich wieder zu mir kam, lag ich wohlausgeschlafen in meinem warmen Bett, und zum kleinen Fenster herein schien die Morgensonne des Christtages.

Der erste Christbaum in der Waldheimat

»Bist doch noch kommen! Wir haben schon g'meint, 's Wetter! Der Nickerl hat schon g'rehrt (geweint), hat 'glaubt, du kunntst im Schnee sein steckenblieben. Na, weil d' nur da bist. Was magst denn gleich? Eine Eierspeis? Einen Kaffee? Weihnachtsguglhupf han ich aa schon.«

Kennt ihr sie? Kennt ihr sie nicht? Das ist ja die Stimme der Mutter!

Es waren die ersten Weihnachtsferien meiner Studentenzeit. Wochenlang hatte ich schon die Tage, endlich die Stunden gezählt bis zum Morgen der Heimfahrt von Graz nach Alpl. Und als der Tag kam, da stürmte und stöberte es, daß mein Eisenbahnzug steckenblieb ein paar Stationen vor Krieglach. Da stieg ich aus und ging zu Fuß, frisch und lustig, sechs Stunden lang durch das Tal, wo der Frost mir Nase und Ohren abschnitt, daß ich sie gar nicht mehr spürte; und durch den Bergwald hinauf, wo mir so warm wurde, daß die Ohren auf einmal wieder da waren und heißer als je im Sommer. Der Nase vergaß ich, doch stak sie sicher fest im Gesicht, wo sie heute noch steckt. Auch mein Bündel Bücher schleppte ich, denn die Professoren waren so grausam gewesen, mir Hausaufgaben zu geben, besonders in der Mathematik und Grammatik, die ich heute noch hassen könnt bis aufs Blut, wenn es nicht gar so blutlose Wissenschaften wären.

So kam ich, als es schon dämmerte, glücklich hinauf, wo das alte Haus, schimmernd durch Gestöber und Nebel, wie ein verschwommener Fleck stand, einsam mitten in der Schneewüste. Als ich eintrat, wie war die Stube so klein und niedrig und dunkel und warm – und urheimlich. In den Stadthäusern verliert man ja allen Maßstab für das Waldbauernhaus. Aber man findet sich gleich wieder hinein, wenn die Mutter den Ankömmling ohne alle Umstände so grüßt: »Na, weils d' nur da bist!«

Auf dem offenen Steinherd waberte das Feuer, in der guten Stube wurde eine Kerze angezündet.

»Mutter, nit!« wehrte ich ab, »tut lieber das Spanlicht anzünden, das ist schöner!«

Sie tat's aber nicht. Das Kienspanlicht ist für Werktage. Weil der Sohn heimkam, war für die Mutter Feiertag geworden. Darum die festliche Kerze.

Und für mich erst recht Feiertag!

Als sich die Augen an das Halblicht gewöhnt hatten, sah ich auch den Nickerl, das achtjährige Brüderl. Es war das jüngste und letzte. Es stand in seinem blädernden (flatternden) Höslein gerade wie ein Bäumchen da und hatte natürlich den Finger im Mund. Seine schwarzen Augen waren weit offen und ganz rund, so verwundert schaute er mich an. Der, um den er schon »g'rehrt« hatte, war jetzt da, und die Vertraulichkeit stellte sich erst allmählich sein. Selbst als ich ihn zum Kaffee einlud, war es noch nicht so weit, daß er den Finger für das Stück Guglhupf vertauschen wollte.

»Ausschaun tust gut!« lobte die Mutter meine vom Gestöber geröteten Wangen. Sie hatte ihr Gesicht, das nicht gut und nicht schlecht ausschaute – das alte, kummervolle und doch frohgemute Mutterantlitz. Ich schaute dieses Gesicht nie lang an, immer nur verstohlen, es war immer eine Schämigkeit da, bei ihr auch so, wie bei zwei heimlichen Liebsten. Zärtlich bin ich mit ihr nie gewesen, wohl auch nie grob – und diesmal bei der Heimkehr haben wir uns nur die Hände gegeben. Aber wohl war mir! Wohl zum Jauchzen und Weinen. Ich tat keines, ich blieb ganz ruhig und redete gleichgültige Dinge.

Der kleine Nickerl sah blaß aus. »Du hast ja die Stadtfarbe statt meiner!« sagte ich und habe gelacht.

Die Sache war so. Der Kleine tat husten, den halben Winter schon. Und da war eine alte Hausmagd, die sagte es (ich wußte das schon von früher) täglich wenigstens dreimal, daß für ein »hustendes Leut« nichts schlechter sei als »der kalte Luft«. Sie verbot es, daß der Kleine hinaus vor die Türe ging, sie hielt immer die Fenster geschlossen, ja auch die Tür durfte nur so weit und so kurz aufgehen, wie eben noch ein Mensch rasch aus oder ein schlüpfen kann. Die Eltern wußten es der Alten Dank, daß sie so gewissenhaft für den Kleinen mitsorgen half. So kam der Knabe nie ins Freie und kriegte auch in der Stube keine gute Luft zu schnappen. Ich glaube, deshalb war er so blaß, und nicht des Hustens halber. Gehustet hatte auch ich als Knabe, aber damals gab's diese alte Magd noch nicht, und ich trieb mich mit meinen Geschwistern in der freien Weite um, wälzte Schneeballen, rodelte über Berglehnen, rutschte auf dem Eis die Hosen durchsichtig, so lange, bis der Husten wieder gut war. Aber der arme Nickel hatte keinen gleichgesinnten Kameraden mehr, er war unter Großen das einzige Kind, das Hascherlein im Hause, und fügte sich hilflos den Gesetzen. Ich nützte die wenigen Ferientage gewissenhaft, um ihn der lebensgefährlichen Fürsorge der Hausmagd abspenstig zu machen. Ich lockte ihn aus dem Haus, verleitete ihn zum Schneeballenwerfen, zum Schneemandelbauen, wobei er warme Hände und rote Wangen bekam. Und am Abend hustete er noch mehr. Mich schützte meine Stadtherrenwürde zwar vor dem Schlimmsten, aber das konnte die Alte nicht bei sich behalten, daß ich lieber in meinem Steinhaufen hätte bleiben sollen, als da herkommen, um Kinder zu verderben. Wir setzten munter unsere Winterfreuden fort, und noch eh ich in die Stadt zurückkehrte, war beim kleinen Brüderl der Husten vergangen.

Aber ich laufe der eilenden Zeit voraus. Und will mich doch beim lieben Christfest aufhalten.

In der demselben vorhergehenden Nacht schlief ich wenig, etwas Seltenes in jenen Jahren. Die Mutter hatte mir auf dem Herde ein Bett gemacht mit der Weisung, die Beine nicht zu weit auszustrecken, sonst kämen sie in die Feuergrube, wo die Kohlen glosten. Die glosenden Kohlen waren gemütlich; das knisterte in der stillfinsteren Nacht so hübsch und warf manchmal einen leichten Glutschein an die Wand, wo in einem Gestell die buntbemalten Schüsseln lehnten. Aber die Schwabenkäfer, die nächtig aus den Mauerlöchern hervorkrochen und zur Zeit einmal Ausflüge über die Glieder und das Gesicht eines Studenten machten –! Indes wird ein gesunder Junge auch die Schwabenkäfer gewohnt. Aber sie nicht ihn. –

Da war's ein anderes Anliegen, über das er noch obendrein schlüssig werden mußte in dieser Nacht, ehe die Mutter an den Herd trat, um die Morgensuppe zu kochen. Ich hatte viel sprechen gehört davon, wie man in den Städten Weihnacht feiert. Da sollen sie ein Fichtenbäumchen, ein wirkliches Bäumlein aus dem Wald, auf den Tisch stellen, an seinen Zweigen Kerzlein befestigen, sie anzünden, darunter sogar Geschenke für die Kinder hinlegen und sagen, das Christkind hätte es gebracht. Auch abgebildet hatte ich solche Christbäume schon gesehen. Und nun hatte ich vor, meinem kleinen Bruder, dem Nickerl, einen Christbaum zu errichten. Aber alles im geheimen, das gehört dazu. Nachdem es soweit taglich geworden war, ging ich in den frostigen Nebel hinaus. Und just dieser Nebel schützte mich vor den Blicken der ums Haus herum arbeitenden Leute, als ich vom Walde her mit einem Fichtenwipfelchen gegen die Wagenhütte lief, dort das Bäumlein in ein Scheit bohrte und unter dem Karren- und Räderwerk versteckte. Dann ging ich nach Sankt Kathrein zum Krämer, um Äpfel zu kaufen. Der hatte aber keine, sie waren im selben Jahr zu Pöllau und Hartberg nicht geraten, und so war kein Obstträger in die Gebirgsgegend gekommen.

Nun fragte ich den Krämer, ob er Nüsse habe.

»Nüsse!« sagte er. »Zum Anschauen oder zum Aufschlagen? Ich habe ihrer noch ein Sackel, vom vorigen Jahr her. Aber die sind nur zum Anschauen. Schlagst sie auf, so hast einen schwarzen oder verdorrten Kern, der nit zum Essen ist.«

Die Nüsse ließ ich ihm. Das wollte ich dem Brüderl nicht antun: eine schöne Schale und kein Kern. Solche Sachen darf man ihm nicht angewöhnen.

Was sollte ich nun kaufen. Er hatte ja allerhand schöne Sachen, der Krämer. Rote Sacktücheln, Hosenträger, Handspiegel, Tabakspfeifen, sogar Maulwetzen (Mundharmonikas). Doch abgesehen davon, daß der angehende Pädagoge manches nicht passend fand, hatte ich mit meinem Geldvorrat zu rechnen, der mich ja auch wieder nach Graz bringen sollte.

»So wäre ich halt umsonst gegangen«, sagte ich.

Darauf der Krämer: »Damit du nit umsonst gegangen bist – wenn man noch du sagen darf zum Herrn Studenten –, so trink da ein Stamperl Roten.« Damit goß er mir aus der Flasche roten Schnaps in ein Gläschen.

Als ich den getrunken hatte, war mir der Mut gestiegen und die Geldsorge gesunken. Aber nicht beim Krämer wurde eingekauft, daraufhin war der Rote auch nicht gespendet vom alten braven Haselbauer (auch Haselgraber geheißen). Ich ging über das Brückerl zum Bäcker und kaufte einen Vierkreuzerwecken, den ich in die Brusttasche steckte, so daß der Fuhrmann Blasel, der mir nachher begegnete, lachend auf mich herrief: »Nau, der Waldbauernpeter hat ja eine Hühnerbrust bekemma!«, denn die Vierkreuzerwecken in Sankt Kathrein waren damals nicht danach, daß sie unter dem zugeknöpften Rock unbeachtet bleiben konnten.

Ich kam nach Hause, und nun war für den Christbaum alles beisammen. Aber kaum mir darob behaglich ward, fiel mir ein, daß gerade noch etwas sehr Wichtiges fehlte: die Kerzen. Ich hatte die kleinen Wachskerzen vergessen; wo nehme ich sie her?

Ich nahm sie einfach her.

In einem Bauernhaus ist für alles Rat, nur gehört zur Herbeischaffung manchmal eine Notlüge. Sie ist nicht schwer zu machen. Zur Mutter ging ich und bat, ob sie mir nicht ihren roten Mariazellerwachsstock leihen wollte. Sie fragte, wozu? Na, dann tat ich's halt. Ich ginge in der Nacht zur Christmette, wo in der Kirche alle Leute ihre Lichter hätten, so möchte ich auch eins haben. Sie langte nur in ihren Gewandkasten, da hatte ich den Wachsstock.

Dann ward es Abend. Die Gesindeleute waren noch in den Ställen beschäftigt oder in den Kammern, wo sie sich nach der Sitte des Heiligen Abend die Köpfe wuschen und ihr Festgewand herrichteten. Die Mutter in der Küche buk die Christtagskrapfen, und der Vater mit dem kleinen Nickerl ging durch den Hof, um ihn zu beräuchern und dabei schweigend zu beten. Das *schweigende* Beten, sagte die Mutter gern, sei wirksamer als das laute.

Wenige Jahre vorher hatte ich dem Vater bei diesem priesterlichen Amt noch geholfen, nun tat es schon das Brüderl, und gewiß auch mit jener ehrfürchtigen Andacht, die den Geheimnissen dieser Nacht gebührt.

Dieweilen also die Leute alle draußen zu tun hatten, bereitete ich in der großen Stube den Christbaum. Das Bäumchen, das im Scheite stak, stellte ich auf den Tisch. Dann schnitt ich vom Wachsstock zehn oder zwölf Kerzen und klebte sie an die Ästlein. Das plagte ein wenig, denn etliche wollten nicht kleben und fielen herab. Ich hätte sehr gern Geduld gehabt, um alles ordentlich zu machen, aber jeden Augenblick konnte die Tür aufgehen und vorzeitig wer hereinkommen. Gerade diese zitternde Hast, mit der sie behandelt wurden, benützten die Kerzen, um mich ein wenig zu nekken. Endlich aber wurden sie fromm, wie es sich für Christbaumkerzen geziemt, und hielten fest. Es war gut. Unterhalb, am Fuße des Bäumchens, legte ich den Wecken hin.

Da hörte ich über der Stube auf dem Dachboden auch schon Tritte – langsame und trippelnde. Sie waren schon da und segneten den Bodenraum. Bald würden sie in der Stube sein, mit der wir den Rauchgang zu beschließen pflegten. Ich zündete die Kerzen an und versteckte mich hinter dem Ofen. Noch war es still. Ich betrachtete vom Versteck aus das lichte Wunder, wie in dieser Stube nie ein ähnliches gesehen worden. Die Lichtlein auf dem Baum brannten so still und feierlich, als schwiegen sie mir himmlische Geheimnisse zu. Aber da fiel es mir ein – wenn sie niederbrannten, bevor die Leute kommen! Wie konnte ich's denn hindern? Wie sollte ich sie denn zusammenrufen? Da konnte ja alles ganz dumm mißlingen! Es ist gar nicht so leicht, Christkindel zu sein, als man glaubt.

Endlich hörte ich an der Schwelle des Vaters Schuhklöckeln – man wußte schon immer, wenn es so klökkelte, daß es der Vater war. Die Tür ging auf, sie traten herein mit ihren Weihgefäßen und standen still.

»Was ist denn *das?!*« sagte der Vater mit leiser, langgezogener Stimme. Der Kleine starrte sprachlos drein. In seinen großen runden Augen spiegelten sich wie Sterne die Christbaumlichter. – Der Vater schritt langsam zur Küchentür und flüsterte hinaus: »Mutter! – Mutter! Komm ein wenig herein.« Und als sie da war: »Mutter, hast *du* das gemacht?«

»Maria und Josef!« hauchte die Mutter. »Was lauter haben s' denn da auf den Tisch getan?« Bald kamen auch die Knechte, die Mägde herbei, hell erschrocken über die seltsame Erscheinung. Da vermutete einer, ein Junge, der aus dem Tal war: es könnte ein Christbaum sein. Sollte es denn wirklich wahr sein, daß Engel solche Bäumlein vom Himmel bringen? – Sie schauten und staunten. Und aus des Vaters Gefäß qualmte der Weihrauch und erfüllte schon die ganze Stube, so daß es war wie ein Schleier, der sich über das brennende Bäumchen legte.

Die Mutter suchte mit den Augen in der Stube herum: »Wo ist denn der Peter?«

»Ah«, sagte der Vater, »jetzt schon, jetzt rait ich mir's schon (jetzt kann ich es mir schon ausrechnen), wer das getan hat.«

Da erachtete ich es an der Zeit, aus dem Ofenwinkel hervorzutreten. Den kleinen Nickerl, der immer noch sprachlos und unbeweglich war, nahm ich an dem kühlen Händchen und führte ihn vor den Tisch. Fast sträubte er sich. Aber ich sagte – selber feierlich gestimmt – zu ihm: »Tu dich nicht fürchten, Brüderl. Schau, das liebe Christkind hat dir einen Christbaum gebracht. Der ist dein.«

Und da hub der Kleine an zu wiehern vor Freude

und Rührung, und die Hände hielt er gefaltet wie in der Kirche.

Öfter als vierzigmal seither hab ich den Christbaum erlebt, mit mächtigem Glanz, mit reichen Gaben und freudigem Jubel unter Großen und Kleinen. Aber eine größere Christbaumfreude, ja eine so heilige Freude habe ich noch nicht gesehen als jene meines kleinen Bruders, dem es so plötzlich und wundersam vor Augen trat – ein Zeichen dessen, der vom Himmel kam.

Solange die Lichter brannten, war es wie ein Gottesdienst, während der Mutter auf dem Herde richtig ein paar Krapfen verschmorten. Erst als sie verloschen, eins ums andere, bis auch das letzte mit ein paar knisternden Flackern dahin war, huben die Leute an zu reden, und einer brachte, weil es finster geworden war, von der Küche ein rötliches Spanlicht herein.

»Was denn da drunter liegt!« sagte der Vater und zeigte auf den Wecken. »Nickerl, mich deucht, das gehört auch dein.«

Der schöne bräunliche Wecken, mit Weinbeerln gespickt, weil es Weihnachtsgebäck war, wurde dem Kleinen in die Hand gegeben. Er hielt ihn ganz hilflos vor sich. Die Freude wurde nicht größer, weil sie nicht mehr größer werden konnte. Der Christbaum allein hatte sein ganzes Herzlein ausgefüllt, so wie er auch unsere Kinder ausfüllen würde, wenn der himmlische Lichterbusch nicht so sehr mit irdischem Tand verweltlicht wäre.

Nachher beim Nachtmahl wurden dann allerhand Meinungen laut.

»Heut tät eigentlich 's Krippel auf den Tisch gehören«, meinte die alte Magd.

»'s Krippel ist eh da oben«, entgegnete der Vater und wies gegen den Wandwinkel, wo neben mehreren Heiligenbildern mit kleinen Figuren auch die Darstellung der Geburt Christi war.

»'s kommt halt eine neue Mode auf«, wußte der Junge aus dem Tal zu sagen. »Der lutherisch Verwalter in Mitterdorf hat in ganz Mürztal den Christbaum aufgebracht. Aber da sind wenigstens gute Sachen darunter, und daß jeder was kriegt.«

»Aha, wenn du Geschenke kriegst«, sagte ich, »da magst auch einen lutherischen Christbaum, gelt?«

»Still seids!« gebot der Vater, der solche Reden nie leiden konnte, und heute am wenigsten.

Also ist die Weihnachtsstimmung schön gewahrt geblieben. Und während wir gekochte Rüben und Sterz aßen, saß der Nickerl beim Christbaum und aß ein Stückchen Wecken, das ihm die Mutter herabgeschnitten hatte. Sich und dem Vater und mir, so war sein Wille, sollte sie auch ein Stück herabschneiden; aber mir war der lang entbehrte Sterz lieber. So zehrte der Kleine noch am Christtag und am Stephanitag und am Johannestag an seinem Wecken. Aber die Weinbeerln hatte er schon am ersten Tag aus der Rinde gekletzelt. Endlich war der ganze Wecken weg.

Aber das Bäumlein war noch da, wenn auch kahl und leer, wie sie im Walde stehen. Der Nickerl ließ es auf die Leiste über seinem Bettchen stellen. Und dort stand es gewißlich, bis die Nadeln begannen zu fallen. Dann nahm es die Mutter heimlich weg, hackte es klein und legte es fast zärtlich auf das prasselnde Herdfeuer.

Epilog

Kalt und trüb. Zur Stunde, da man im Sommer schon die Fensterbalken schließt, um sich vor Sonnenhitze und Licht zu schützen, brennt jetzt auf dem Arbeitstisch noch die Lampe. Nun ging der Christbaum fort. Zehn Tage lang war er mein Stubengenosse gewesen, buschig, grün und schmucklos, ganz wie sie im Walde stehen. Die weißen Wachskrümchen der abgebrannten Kerzen waren das einzige Zeichen von dem Freudenopfer am Heiligen Abend. Die Sachen, die sich um das Kreuz seines Fußes wie Schutt gelagert, waren längst davongetragen worden, die Sternenpyramide war verloschen und er stand wieder still und arm da, wie vor dem Ruhme. So, mein Tannenbaum, bist du mir auch am liebsten, und so hast du, auf dem Kreuze stehend, den Feiertagsrummel überdauert, hast, wenn ich toll werden wollte über all den hohlen Förmlichkeiten und Krimskram, mir schweigend erzählt von unserer gemeinsamen Waldheimat. Das wäre mein Ideal vom Weihnachtsfeste: den grünen Baum und die trautsame Familie dazu – und nichts, nichts sonst von all dem

Treiben und Flunkern der Feste. Soll doch unser ganzes kurzes Leben ein einziger himmelfroher Festtag sein. – – Nun die Weihnachtszeit vorbei, ist er wieder fortgegangen und weht's mich an beinahe wie der Schatten, wenn ein lieber Menschenkamerad davongetragen wird.

Aber siehe! Es geht wieder auswärts, über den Winternebeln hebt schon die Sonne an höher zu steigen und im Walde sehen wir uns wieder.

Der Gang zur Mutter

Die Säge stand still, das letzte Brett glitt über die Rutschbalken nieder. Es war Feierabend – Feierabend des Tages und des Jahres – Silvester.

Wolfgang, der junge Sägemeister, stieg langsam von seiner Werkstatt nieder und sah auf die weißen Bretter hin, auf welchen noch der Staub der Sägespäne lag, und dachte daran, was man alles daraus machen könne: Tisch und Schrank, Bettstatt und Bank, Wiege und Schrein! Am Silvesterabend denkt sich so etwas gern, besonders, wenn man ein sinniger Kopf ist, wie der Wolfgang, ein altes mühseliges Mütterchen hat drüben in der Seegrub und daheim ein süßes Weib, das der Herr gesegnet hat in den Tagen des Lenzes, als das erste Schwalbenpaar sich einheimte im Dachgiebel des kleinen Hauses an der Amster.

Zu diesem Weib schritt nun Wolfgang heim, daß er mit ihm ein glückseliges Jahr schließe und ein neues glückselig beginne. Agatha saß bei ihrem Nähtisch, nähte aber nicht, sondern legte die Hände in den Schoß und blickte träumend auf das Nadelkissen. Aber nicht das Nadelkissen sah ihr geistig Auge, sondern – – oh, lieber Leser, wie könntest du verlangen, daß ich wisse, was ein junges Weib, zur Seherin geworden, in solcher Stunde schaut!

Ihr eigener Mann mußte sie wecken, da er die Hand auf ihre Achsel legte und fragte: »Wieso, Agatha, daß du mich heute gar nicht gewahrst, wenn ich bei der Tür hereinpoltere? Du schläfst ja wie ein Hase – mit offenen Augen!«

Sie erwachte rasch aus ihren Träumen, blickte treuherzig zum Manne auf und lachte.

»'s mag wohl sein, daß das neue Jahr gut anhebt«, sagte sie dann, und ihre Wangen schimmerten rosig.

Es wird ein Kuß gewesen sein, den jetzt der junge Gatte auf die Lippen seines Weibes gedrückt, ein absonderlicher Kuß, dem neuen Jahre vermeint, der Zukunft – dem Kinde.

Und zur Stunde trippelte das alte Zwick-Schusterlein in die Stube; das hatte voran über der Brust das Werkzeugtrühelchen hängen, und hinten über dem Höcker eine große klappernde Traube von Leisten verschiedener Größe und Form – in Holz geschnitzt die Füße der Einwohner von Amsterdorf und Seegrub. Gar mancher, der auf eigenem Fuße stehen und leben konnte, hatte sich für seinen Fuß eben eigene Leisten anfertigen lassen, und es war daher beim Zwick-Schusterlein nicht richtig, daß es alle Stiefel nach einem Leisten schlage. Aber das harte Tragen! Es war leicht zu erraten, wo diesen Mann der Schuh drückte: hinten auf dem Höcker.

Nun wohl, so rasselte der kleine Alte mit seiner Last zur Tür herein und sagte: »Grüß Gott zum Feierabend, miteinander! Ich komm' von der Seegrub herüber, hab' nur eine Post auszurichten und geh' gleich wieder. Die alt' Mutter drüben laßt bitten, wenn's dem Wolfgang nicht gar zu unhandsam tät sein, daß er heut' noch ein bissel wollt' zu ihr hinübergehen.«

Die Eheleute erschraken und fragten gleichzeitig, ob was geschehen wäre, ob sie nicht doch krank wäre.

»Auf das kann ich nichts sagen. Sie hat mich durch den Pechölbuben bitten lassen, daß ich's bei euch ausricht'. Möcht' sich nicht schicken, daß ich eine Weil' nachgefragt hätt', wegen was oder warum. Jetzt hab' ich meine Sach' ausgerichtet; vergunn' euch ein glückseliges Neujahr miteinand und sag' gute Nacht, Leutel.«

Kaum die letzten Leisten des Schusters zur Tür hinausgeklappert waren, sagte der Wolfgang: »Was wird's jetzt geben? Die Mutter verlangt nicht dergleichen ansonst. Arg krank geworden muß sie sein, anders kunnt ich mir's nicht auslegen. Daß es nur heut' nicht wär'!«

»Da müßt' doch eine alte Kuh lachen, wenn der Wolfgang sich in der Silvesternacht vor Gespenster wollt fürchten!« rief das Weib.

»Du bist aber schon gar, Agatha, daß dir so was

kann einfallen. In der Totenkammer will ich schlafen, die heutige Nacht, der Gespenster wegen. Kugelscheiben mit den Totenschädeln, Gott verzeih's! – Aber dich mag ich nicht allein lassen, die heutige Nacht – von wegen dem, was du vorhin hast gesagt.«

Sie lachte. Damit hätt's noch lange Zeit. Bis in die Seegrub wäre es nicht ganz drei Stunden, da könnte er leichtlich nach Mitternacht wieder zurück sein; wäre aber nicht vonnöten, möge sich friedsam ausschlafen in der Seegrub und morgen bei Sonnenschein wohlgetrost nach Hause gehen.

So gut verstand sie das Zureden, daß der Wolfgang den Lodenmantel anzog, den Stock zur Hand nahm und ging.

Es war schon dunkel, als er emporstieg den bewaldeten Bergzug, der das Amstertal und die Gegend der Seegrub' scheidet. Das rote Rad des Mondes ging auf; der Wolfgang warf einen langen Schatten über das Schneefeld hin, und unter seinen Füßen knarrte der Schnee.

– Was es nur geben wird drüben bei der Mutter? Fünfundsiebzig Jahre alt sein ist eine gefährliche Krankheit. Da rücken sie so an, eins ums andere, morgen kommt wieder ein neues und man hat seinen Spaß dabei. So Jahre sind wie der Hüttenrauch (Arsenik), den der Roß-Wasti so gern ißt: in rechtem Maße genossen, macht er schön und stark, zu viel bringt einen um. Die Jahre sind auch so ein Gift.

Als er zur ersten Anhöhe gekommen war, blickte er auf das Dorf zurück, dessen Kirchturm schon in das Mondlicht emporstand. Die Säge am Bach und das Haus mit der Agatha lag noch im Schatten. Sechzehn Stunden dauert es um diese Jahreszeit, bis die Sonne wiederkommt. Da kann dieweilen viel geschehen im Finstern. Wolfgang, wenn einer, während du hinüber zur Mutter gehst, zu deiner Frau kommt?! Sie ist jung und hübsch, sie wird ihn herzen und küssen, wird ihn lieber haben als dich! Du bist zwar noch gar nicht alt, aber etwan kann er noch um ein Erkleckliches jünger sein als du, und wenn du nach Hause kehrst, so wird sie ihn nicht mehr von ihrer Seite lassen, wird ihn an ihre Brust drücken Tag und Nacht ... Du lächelst, Wolfgang, und meinst, das könne schon sein – hättest aber nichts dagegen. Und liebhaben, nicht zu sagen, wie liebhaben wolltest du den kecken Nebenbuhler, und ihm alles sein und geben, was an dir ist, was du hast und geben kannst. – So eile denn, daß du bald wieder zurück bist.

Er ging sinnend über die hohe Heide hin, ging durch Wälder und über felsigen Grund, wo der Wind allen Schnee weggefegt hatte, und wo auch jetzt eine scharfe Luft ihm Eisnadeln ins Gesicht säte, daß er kaum imstande war, die Augen offen zu halten. Endlich war er vor dem großen Kreuze, welches an der Grenze stand, so daß Christus seinen ausgespannten rechten Arm im Gebiete der Amster, den linken im Bereiche der Seegrub hatte. Der Mond war hoch gestiegen und licht wie Silberblick geworden; so sah er über die alten Bäume her auf das Kruzifix, mild und ernst, als wollte er sagen: Ich weiß noch eine Zeit, da du hier nicht standest, eine Zeit, da die Erde nichts wußte von einem gekreuzigten Gott. Wenn du heute zusammenbrichst, morscher Holzstamm, so werden sie dich morgen wieder aufrichten; ob eine Zeit kommen wird, da sie dich nicht mehr erhöhen werden? Und da die Menschheit so tief gesunken sein wird, daß sie das Sinnbild der Aufopferung nicht mehr erfaßt, oder so hoch gestiegen, daß sie seiner nicht mehr bedarf? – Wolfgang, der über das Scharren seiner Säge hinaus bisweilen gern auf den Zeitgeist horchte, hatte häufig ähnliche Gedanken, und so kam es auch, daß er nun, vom Bergkreuze abwärts, im Sinnen über allerlei den halbverwehten Fußpfad verlor und über die Schneegründe weglos dahinging. Aus dem Tale herauf hörte er schon das Rauschen des Rabenbaches, der hoch in den Felsen entsprang und in mehrfachen Stürzen niederbrauste von Hang zu Hang, bis er unten sich als stattlicher Fluß in den Seegruber See ergoß.

Da Wolfgang seine Richtung genau kannte, so achtete er nicht auf den Fußpfad, sondern eilte flink weiter, um ehestens das Mütterlein zu sehen. Er rüstete sich in Gedanken für alle Fälle, so wie es ja seine Gewohnheit war, das Beste zu hoffen und auf das Schlimmste gefaßt zu sein.

Plötzlich ist der Tod da. Ein Schritt noch, und der Wolfgang wäre in denselben hineingesprungen. Ein Abgrund lag vor ihm, er stand an dem äußersten Rande eines Felsens. Umkehren und den ausgetretenen und doch wieder verwehten Fußpfad suchen? Nein. Bei einiger Vorsicht ist im Gehänge der Abstieg leicht zu finden. Er kletterte am Gefelse hinab, rutschte mehrmals im Schnee, schlug dann mit den Füßen etliche Eiszapfen los, wie sie an Abenden sonniger Tage gewachsen waren, wand sich an erstarrten Gesträuchen hin, bisweilen die Rute eines Haselnußbusches oder Erlstrauches als Strickleiter benützend; dann stand er auf sicherem Boden still, um zu ruhen. Da wurde er auf ein Dröhnen aufmerksam, welches aus dem Gewände zu kommen schien, das ihn umgab. Anfangs glaubte er, es fahre irgendwo eine Schneelawine los, und er suchte sich unter einem Vorsprunge zu schützen. Aber das Dröhnen währte gleichmäßig fort, und Wolfgang bildete sich ein, es bebe der Boden. Ratsam fand er es eigentlich nicht, hier so hinunterzusteigen, ohne den Abgrund zu kennen, der wie ein »graues Nichts« heraufgähnte. Aber sollte er denn wieder aufwärtsklettern mit Lebensgefahr, und im besten Falle den Weg zur kranken Mutter um mehrere Stunden verlängern? – Er stemmte sich auf den Stock und fuhr niederwärts. Im Gerölle ging das Rutschen nicht wie sonst zur Sommerszeit, da der Boden, auf welchem der Mann steht, sanft vor sich hingleitet; die Steinchen waren fest aneinandergefroren. Um so fröhlicher ging's über die Schneelehnen. Auf einer solchen ließ sich Wolfgang rasch und mit der kühnen Geschicklichkeit des Älplers hinabfahren. Als er in eine Mulde kam, wo das Schneefeld sich zu einer kleinen Talung ausschweifte, fuhr der Wolfgang geradeaus in den Boden hinein – und war von der mondbeschienenen Erdoberfläche verschwunden.

Unter der Schneedecke war der Sägemeister in tiefer Finsternis noch eine Weile über Stein und Sand dahingerutscht, bis ihn ein Felsstück aufhielt. Für den ersten Augenblick konnte er sich nur noch denken: Jetzt hat mich die Erde verschlungen! – Dann war er betäubt.

Allmählich weckte ihn das erschütternde Tosen und der Wasserstaub, welcher aus der Tiefe drang. Er erkannte seine Lage, er hing in der Rabenschlucht über dem großen Wasserfalle des Rabenbaches, der zu dieser Zeit hoch oben mit Schnee und Eis eingewölbt war. Sein fahrender Körper hatte das Gewölbe durchbrochen, und nun drang der Schimmer der Mondnacht hernieder und zeigte ihm die zuckenden, quirlenden, gischtenden Silberlichter des zu seinen Füßen rasenden Wassers.

»Jetzt heißt's Obacht geben, Wolfgang, sonst wirst waschnaß!« sagte er zu sich selber und rückte sich auf seinem Felsenstuhle ein wenig zurecht, daß er nicht weiterrollen konnte, denn hier war das Gerölle nicht gefroren, sondern rieselte fortwährend nieder. Dann überlegte er, wie er diesen durchaus unbehaglichen Verhältnissen wieder entkommen könne, und dabei faßte ihn das Grauen. Emporwärts zu kommen die steile finstere Kluft war nicht möglich, und aus der brausenden Tiefe griffen tausend Arme des Todes herauf. Wolfgang saß still und lehnte sich an die rauhe, triefende Wand und murmelte: »Das hätt' ich nicht gedacht, daß ich die heurige Silvesternacht beim Wasser zubringen sollte; andere sitzen beim Wein.«

Dann versuchte er's doch mit dem Aufwärtsklettern; aber er sah, daß er dabei immer tiefer kam, anstatt höher, weil sich um ihn Schnee und Steine lösten. So trachtete er nur wieder mit starkem Arm seinen Felsvorsprung zu erreichen und meinte hernach in seiner Weise: »'s ist überall gut, aber hier ist's am besten. Will ich halt da sitzenbleiben, bis das neue Jahr kommt; das neue Jahr bringt einen Auswärts (Frühling) mit, der schmilzt mir mein Dach weg; nachher will ich schon hinauskommen. – Nur, daß die Mutter ein Eichtl hart warten wird in Seegrub unten und die Agatha in Amsterdorf drüben. – Oh, 's ist heil zum Lachen, daß ich so dumm bin in die Falle 'gangen!« Es war doch ein Ausruf der Verzweiflung. 's ist hell zum Lachen, wie ein Mensch auf so schreckbare Art zugrunde gehen kann!

Dann sagte er wieder: »Zugrund' gehen? Von dem ist ja gar keine Red'. Ich sitz' da, was fehlt mir denn? Ich rast' mich aus. Und besinn' mich. In der Neujahrsnacht macht man sich ja gern ein wenig abseits von den Leuten und denkt nach über Vergangenes und Kommendes. Hätt' ich nur ein bissel leichter Zeit zum Simulieren; vor mir ist eine sterbende Mutter, hinter mir ein gebärendes Weib. Und der Lump sitzt in der Rabenschlucht und laßt sich's gutgehen – Herrgott, rette mich!«

Das Wort schrie er wild in die Felswand hinein; das Tosen des Wassersturzes überbrauste es. Aber der Herrgott hörte es und schickte einen Gesellen. Der guckte mit hellem Auge durch die Öffnung nieder. Der Mond war's. Der hüllte mit seinem Dämmerlichte die Schrecknisse erst auf. Die Höhle ward wild zerklüftet, aus einer ungeheuren Spalte brach die Wasserflut in schwarzen, üppigen Wuchten, dann stürzte sie nieder und zerschellte an den Felskanten zu tausend funkelnden Scherben, welche mit neuer Lebendigkeit und Gewalt abwärts schossen in die Untiefe. Von der Höhe hingen abenteuerliche Gestalten in Schneemassen und Eisgebilden nieder, und im Nebelstaube schimmerten wunderbar zarte Regenbogenfarben.

»Man sieht was Neues«, sagte sich Wolfgang. »Nur, daß mich kein Mensch hören kann, wenn ich um Kameradschaft schrei'. Im Traum wär's mir nicht eingefallen, daß unsereinem das alte und das neue Jahr in der Rabenschlucht zusammenkommen sollten. Hab' oftmals das Wort gehört vom Zeitenstrom, jetzt sitz' ich da und seh' ihn hinunterstürzen, und mich durchnäßt er mit seinem Tau, bis ich im Frost erstarrt mit hinunterpurzle ins Wasser. Wenn das der Pfarrer von Amsterdorf tät wissen, das wär' ihm ein gefundenes Gleichnis auf das menschliche Leben für die morgige Predigt. – Daß nur die zwei närrischen Weiber nicht auf mich täten warten.«

Noch einmal versuchte er es mit dem Hinanklettern – ohne Erfolg; ein Schneestück fiel von der Wölbung, das ihn schier in den Abgrund geworfen hätte. Er saß wieder auf seinem Stein und drückte sich fröstelnd an die Wand und dachte: »Jetzt wäre für mich die passendste Zeit zum Verzweifeln – es kommt nicht leicht eine bessere mehr. Ich stürz' mich da hinunter, und der Rabenbach tragt mich von selber hinaus zum Seegrub-See. – Oh, Wolfgang«, rief er dann, »hast du denn heute deine Morgenandacht unterlassen, daß dir solche Gedanken kommen? Wer wird sich denn umbringen, wenn er so gute Aussicht hat, daß es ohnehin bald vorbei ist. – O Gott, mein Gott im Himmel, allerweg' hab' ich auf dich Vertrauen gehabt. 's schaut ganz unmöglich aus, aber du hast dem Daniel Rat gewußt, wie er in der Löwengrub' ist gesessen. Wenn du nur willst, oh, Vater unser, der du bist in dem Himmel!«

Tränen stürzten ihm aus den Augen, daß er sterben müsse in so jungen Jahren, ohne sein Kind gesehen zu haben.

Da erbarmte sich Gott – jener Gott, den heute die Welt nicht mehr nennen will, weil sie glaubt, daß dessenstatt »Schicksal«, »Zufall« besser klinge, der aber in dem Herzen und Leben des Volkes noch göttlich waltet, straft und rettet. Dieser Gott des Volkes mit seinen menschlichen Eigenschaften in Vergrößerung sah in unserer Neujahrsnacht von der Seegrub drei Männer heraufsteigen zur Rabenschlucht. Sie hatten Hauen und Stricke bei sich, denn sie hatten von jeher gehört, daß in der Rabenschlucht ein Schatz verborgen sei, der nur in einer Neujahrsnacht, in die der Vollmond fällt, gehoben werden könne.

Und da dachte Gott: drei Schatzgräber? Die kommen mir just recht mit ihren Werkzeugen, daß sie mir meinen elegisch-humoristischen Sägemeister aus der Rabenschlucht ziehen.

Sie stiegen empor zur felsigen Stelle, deren Ungründe mit Schnee verweht waren, und hörten das Tosen des Wasserfalles. Da sie sich behutsam vorwagten, sahen sie auch das Loch, durch welches der Wolfgang hinabgefahren war, und hörten aus der Tiefe empor die menschliche Stimme. Der erste Gedanke war natürlich: Gespenster! Gespenster sind sonst immer ein Wunder, aber in einer Silvesternacht an der Rabenschlucht, wo ein Schatz verborgen liegt, sind sie gar kein Wunder. Ein knurrender schwarzer Hund, eine klägliche Stimme, die um Hilfe ruft, oder dergleichen – das gehört dazu. Die Hauptsache ist, sich von derlei nicht abschrecken zu lassen.

Bei näherer Untersuchung jedoch flüsterte einer der

Männer: »Keinen Schuhnagel verwett ich, da unten steckt schon ein Schatzgräber, der uns zuvor ist kommen.«

»Das wär' schon der Höllsakra!« fluchte der zweite. Aber der dritte sagte: »Mir scheint eher, da unten ist einer in der Klemm' und wollt' den Schatz gern ungehoben lassen, wenn er selber gehoben wär'!«

Sie redeten eine Weile hin und her, dann rief einer hinab: »Alle guten Geister loben Gott, aber wenn es ein Mensch ist, so soll er's sagen.«

Wolfgang sah die Schatten der Köpfe gespenstisch an den mondblassen Wänden gaukeln, verstand aber in dem mächtigen Brausen des Wassers die Worte nicht.

»Probieren wir's und lassen einmal den Strick hinab«, riet einer von den dreien. »Hängt sich kein Mensch an, so hängt sich der Schatz an.«

»Es kann sich aber auch der Teufel anhängen!« gab der zweite zu bedenken.

»Ich glaub' an keinen Teufel!« sagte der eine.

»So?! Hast keine Religion und willst schatzgraben?«

Der dritte sagte: »Ich glaub' schon an einen, aber fürchten tu' ich mich nicht vor ihm. Davor trag' ich den Gertrudissegen in meine Pfaid genäht.«

So ließen sie den Strick hinab, und da sie merkten, daß unten etwas angelte, stemmten sie sich an den festen Boden, daß sie nicht etwa durch den Schnee brechen – und zogen den Sägemeister Wolfgang von Amsterdorf aus der Schlucht.

Als der Wolfgang sah, er wäre befreit, sprang er viele Schritte weit vom Loch hintan und lachte.

Die anderen fragten ihn, ob er den Schatz habe und bedeuteten, daß er in diesem Falle mit ihnen teilen müsse.

Es brauchte eine gute Weile, bis sie sich verständigten. Der Wolfgang war in der ganzen Gegend als ein gescheiter, respektierlicher Mann bekannt; sie glaubten seiner Darlegung, wie es ihm nicht eingefallen sei, eines Schatzes wegen in die Rabenschlucht zu steigen, sondern wie er sich auf dem Wege in die Seegrub dahin verirrt habe und hinabgestürzt sei. Und nun tat einer der drei Männer das herrliche Wort: »Ein braver Mann ist auch ein Schatz, den haben wir gehoben, und jetzt gehen wir heim.«

Sie reichten ihm Schnaps, daß er sich erwärme; sie huben mit ihm auf mondbeschienener Weide ein Ringen an, daß er sich bewege und wieder ordentlich belebe. Dann suchten sie den rechten Weg zur Seegrub hinab und fanden ihn bald. Unterwegs fragte der Wolfgang nach, wie es mit seiner Mutter stände. – Das Weib sei im Bett – sonst wüßten sie nichts.

Als Wolfgang zu ihrem Häuschen kam und ans lichtlose Fenster klopfte, rief drinnen eine Stimme: »Bist du's, Wolfl? Ich bin schon wach; steig beim Dachtürl herein, die Haustür ist heut' versperrt, will dir's nachher schon sagen, warum.«

Er war herzensfroh, daß er sein Mütterl im gewöhnlichen Zustande fand – zwar mühselig, aber stets heiter.

»Wirst dir's nicht denken«, sagte sie, als er an ihrem Bette saß und beim Ämplein ihr weißes Antlitz mit dem Schlafhäubchen ansah, »wesweg' ich dich in der heutigen Nacht herübergeplagt hab'. – Ja, ich muß dir was sagen, Wolfl – aber gelt, die Agatha ist noch in Ordnung?«

»Sie laßt Euch grüßen, und weil ich sehe, daß es Euch insoweit gut geht, Mutterl, so will ich wohl gleich wieder heimzu laufen. Lang' wird's nicht mehr dauern mit der Agatha.«

»Schau, das hab' ich mir auch gedacht, und da hab' ich kein Stündl länger wollen warten mit dem, was ich dir sagen muß. Wirst sehen, mein Wolfl, was ich dir für eine falsche Person bin! Weiß recht gut, daß du das Lotteriesetzen nicht leiden kannst, und so hab' ich's heimlich getan. Geh, geh, die alten Weiber«, setzte sie bei, »'s ist ein's wie's andere. Na, lachen muß ich auch.«

Und sie lachte und kicherte. Der Wolfgang machte ein unwilliges Gesicht.

»Und jetzt«, fuhr sie kichernd fort, »hab' ich gestern närrischerweis' einen Terno gemacht.«

Da horchte der Wolfgang auf.

»Hab' zuerst hell gemeint, der Amtmann foppt mich, wie er mir's sagt – und richtig ist's: neunhundert Gulden und noch was dazu. Da drin im Bettstroh ist das

Geld. – Du zitterst ja frei, Wolfl, hat's dich so geschreckt?«

Der Fieberfrost war da. Die Magd wurde geweckt, daß sie eine heiße Brühe bereite. Der Mann trank sie mit Behagen und sagte nichts, wovon der Frost herrühre.

»Jetzt, das ist ein Glück!« sagte die Alte, »und ich hab's nimmer ausgehalten, und hinübersteigen kann ich auch nicht mehr zu euch, so habe ich dich halt kommen lassen. Das Geld nimmst mit; na du, das nimmst mit! Was tat denn ich's brauchen, du Kindisch! – Es ist das Taufgeschenk für dein Kindel. Du, Wolfl, aber gleich steckst es ein. Das wär'! Tät'st mich bitter kränken. – Und jetzt, wenn du meinst, daß es daheim nicht mehr lang' dauern wird, so mach dich wieder auf und tu' mir sie grüßen!«

O Mutterherz! Mit dir fängt dem Wolfgang das neue Jahr an. In der Seegrub verließ er dich, in Amsterdorf fand er dich.

Lieferbare Werke Peter Roseggers

Die Älpler, 270 Seiten, Ln.
Als ich noch der Waldbauernbub war, 256 Seiten, Ln.
Das ewige Licht, 300 Seiten, Ln.
Die Försterbuben, 208 Seiten, Ln.
Die Schriften des Waldschulmeisters, 294 Seiten, Ln.
Erdsegen, 256 Seiten, Ln.
Heidepeters Gabriel, 234 Seiten, Ln.
Jakob der Letzte, 226 Seiten, Ln.
Mein Weltleben, 248 Seiten, Ln.
Volksleben in Steiermark – Das Haus, 189 Seiten, Ln.
Volksleben in Steiermark – Das Jahr, 266 Seiten, Ln.
Waldheimat, 508 Seiten, Ln.
Wanderungen in der Waldheimat, 240 Seiten, Ln.
Das Buch von den Kleinen, 240 Seiten, Ln.
Das große Peter Rosegger Hausbuch mit vielen Geschichten, Erzählungen, Gedichten, Fotos und Illustrationen, 448 Seiten, Ln.
Als ich zum Pfluge kam, 254 Seiten, Ln.
Mein Himmelreich, 144 Seiten, Ln.
Abelsberger Chronik, 240 Seiten, Ln.
Novellen I, 240 Seiten, Ln.
Novellen II, 240 Seiten, Ln.
Novellen III, 240 Seiten, Ln.
Der Gottsucher, 384 Seiten, Ln.
Tiergeschichten, 176 Seiten

Weitere Neuauflagen sind in Vorbereitung

L. STAACKMANN VERLAG KG · MÜNCHEN
ÖSTERREICHISCHER AGRARVERLAG · WIEN